U0729780

王春艳

著

琢玉随笔

ZHUOYU SUIBI

北方联合出版传媒(集团)股份有限公司

万卷出版有限责任公司

图书在版编目(CIP)数据

　　琢玉随笔 / 王春艳著. -- 沈阳：万卷出版有限责任公司，2022.10

　　ISBN 978-7-5470-6031-5

　　Ⅰ.①琢… Ⅱ.①王… Ⅲ.①散文集-中国-当代 Ⅳ.①I267

　　中国版本图书馆 CIP 数据核字(2022)第 115907 号

出版发行: 北方联合出版传媒(集团)股份有限公司

　　　　　万卷出版有限责任公司

　　　　　(地址:沈阳市和平区十一纬路 29 号　邮编:110003)

印　刷　者: 长沙市精宏印务有限公司

经　销　者: 全国新华书店

幅面尺寸: 170mm×240mm

字　　　数: 180 千字

印　　　张: 15

出版时间: 2022 年 10 月第 1 版

印刷时间: 2022 年 10 月第 1 次印刷

责任编辑: 张冬梅

责任校对: 刘　洋

策　　划: 张立云

装帧设计: 云上雅集

ISBN 978-7-5470-6031-5

定　　价: 78.00 元

联系电话: 024-23284090

传　　真: 024-23284448

常年法律顾问: 王　伟　　**版权所有　侵权必究　举报电话:** 024-23284090

如有印装质量问题,请与印刷厂联系。联系电话: 0731-84513508

一部有情趣、启迪人的著作

⊙张建安

新年伊始，我接到老同学陆高产兄打来的电话。电话中他告诉我，他的爱人春艳老师想出版一本散文集，希望我能给她一些鼓励，为她的著作写一个序言。作序是成人之美的事情，是一件好事，更何况是老朋友的吩咐，我没有理由不答应。

待到见面，才发现春艳老师是一位娴静知性的女士，话语不多，但句句实在。

我默默地翻阅她带来的书稿，从她那隽永质朴的文字里，我感觉到坐在我面前的春艳老师是一位才女。她天资聪颖、禀赋不凡，初中毕业就考进湖南第一师范学校，毕业后先是在故乡小镇九公桥小学任教，后调红石中学任教。在较长时间里，她默默奋斗在乡村教育事业上。直到2014年9月调县城工作，2019年9月调邵阳市市区中学。匆匆几十年过去，教书育人一直是春艳老师的职责。看得出来，她对于教学是非常用情、用心、用力的。寒来暑往，她一路积极进取、向上，并且取得了不平凡的业绩。

春艳老师是一位学习型教师。对于学习，她刻苦自律，先后参加了大专、本科等学历教育学习和考试，为此打下了扎实牢固的专业基础。业余时间，她博览群书，涉猎文学、哲学、教育学、心理学等领域，建构了较为丰富的知识结构，这为她更好地实现自己的教育抱负和理想做好了铺垫。

春艳老师还是一位善于思考的人。她在教学之余，把自己的所思所感付诸笔端，写教育感想，写育人随笔，更写人生感慨。特别是联系生活实际，结合教育教学实践，对传统诗词和对联进行理解和分析，有情趣，有见地，愉悦人，也启迪人，充满正能量！这些文字大多在《湖南教育》《四川人文》

《教师》《教师博览》《散文选刊》《神州文学》等刊物公开发表，或在湖湘教师"写作大赛"或"征文大赛"中获奖。真是功到自然成——2001年春艳老师被评为湖南省优秀教师，2010年获评中学语文高级教师职称。人们可以想象和期待：邵阳基础教育界一颗耀眼的教育明星正在冉冉升起！

随笔是散文的一种，它可以不受体裁的限制，灵活多样，不拘一格！本书是随笔集，名为"琢玉随笔"，可谓简洁明了，恰到好处。古人云："玉不琢，不成器；人不学，不知义。"意思是：玉不打磨雕刻，不会成为精美的器物；人若是不学习，就不懂得礼仪，便不能成才。一个人的成才之路如同雕刻玉器一样，玉在没有被打磨雕琢以前和石头土块没有什么区别。人也是一样，只有经历认真刻苦学习，以及老师、前辈的引导和现实生活的锤炼，才可能成为一个有用的人。一般来说，要表达"教师教书育人，学生读书明理"之类的内容，是很容易流于平庸和肤浅的。如果不注意技巧，不讲究方式方法，不来点思想和情趣，那很容易沦为"泛泛之谈"，很容易让人觉得枯燥无味。好在春艳老师有较好的专业积累，有娴熟的文字技巧，有浓烈的人文情怀，她把这些普通平常的教学故事、"雪泥鸿爪"般的教育心得和人生感慨用随笔的方式表达出来，显得有情、有趣、有味，更有教化人、塑造人的意义，值得点赞！

很少为人作序，今匆匆写下以上文字充数。

2022 年 3 月 22 日

于长沙松雅湖畔

（张建安，中国作家协会会员，中国文艺评论家协会会员，湖南省文学评论学会副会长，湖南省文艺"三百人才"入选专家，教授，曾获第二届湖南省文学艺术奖、第六届毛泽东文学奖和湖南省首届湘江散文奖。）

春暖花会开

⊙黄耀红

多年以后，见到了王春艳。

岁月这条河，总会带给你我一些温暖的相遇。就像山涧那一线清溪，日夜向东，大海便不是一个梦境。

知道王春艳的时候，办公桌上还没有电脑。记得那时，每天还能收到那些写在方格稿纸上的文字，它们来自不同的方向，不同的土地，不同的时分。

那些文字，在编辑眼里，都叫稿件。我遇见了，她的稿件，她的文字。

如果一个编辑的心，足够细腻，足够温暖，也许，从那些手写的文字里，从不同的语气与措辞中，甚至，从稿纸的折叠方式或纸张的光洁纹理上，都能隐约捕捉到涌动在文字背后的生存境遇，看见心灵的虔敬与卑微、执着与期待、渴求与梦想。

那一年，是公元 2000 年。那时，我刚转行做编辑，而那时的王春艳亦青春正好，如一株杜鹃开在邵阳县的乡间，开在那所山间的小学校。

现在，居然还记得她当年写的那篇稿子，是关于童话《坐井观天》的案例反思。文字很短，浅绿的稿纸上只写了几百字。

我记得，我以方格稿纸给她回了一封信，谈了自己对文章的看法与修改意见。同样印象深刻的是，王春艳很快回了信。回信的语气很谦卑，充满了对遥远长沙、对杂志编辑的感恩与期盼。

信中，她说，一大早走出大山去镇上寄信。那个细节，深深印在我的记忆里。从那个细节里，我看到一个乡村教师内心朝向远方的那个"世界"，我看见了我自己的意义。不记得那篇文章最后是否刊发，便从此记下了"王春艳"这个名字，就像记住了那个上午从窗外照进的一缕光。

在那个时代，"书信"不是"微信"，那是编辑与作者之间的温馨力量。我想，哪怕没有发表，在闭塞的山村收到一封来自城市、来自远方的信，那一刻或许会因此而异常生动，甚至会不由自主地过滤掉生活中的粗鄙和无奈、愤激与苦闷，而将那一刻的感恩与期待，赋予青山、石桥、流水、小路、菜畦，赋予田园的生机与村落里的安静。

因为理解，所以敬重。

十三年之后，在株洲，在我所策划的"湖湘教师读书征文颁奖仪式"上，见到了只身而来的王春艳。那是冬日，她一个人从邵阳赶来，黑的冬衣，红的帽子，她静静地坐在会场最后一排。

共进晚餐的时候，我们一圈人，春艳老师在场。我提及十多年前的文字之缘，她记忆犹新，只是莞尔。或许，在华灯初上的城市里，她忽而唤起了那年、那月、那个僻静村小的全部记忆。

次年春天，我在岳麓山下再度策划"山水语文与语文山水"之湖湘语文公益活动，王春艳同样只身一人从邵阳赶到长沙，一大早就出现在活动现场。

王春艳，为自己而来，为她的心中不曾老去的"春天"而来。

此后，邵阳王春艳成了为先在线的博主，成为"最美春联"征集的获奖者，成了非常教师这个平台上的一个优秀分子。

每个人，都在以自己的方式书写历史，都在以自己的方式勾画人生。

早在1988年，王春艳从书院路上的"第一师范"毕业。这个纯如春叶的女生，生命的时空重又转到几年前出发的地方，那是她的故土。甚至连县城都没进，她去到一个叫九公桥的镇完小。

对王春艳来说，车水马龙，高楼大厦，或许并不是她留恋的繁华。

她的心，很快就安放在这个小小的村落，安放在那些质朴的孩子身上。她不声不响地读书、思考，她的理想在故乡的怀里倔强地向着窗外。

然而，今天，从她的叙事里，我看到她以直面而求真的文字，记下了内心的困惑与苦闷。那不是她一个人的苦闷，而是功利、异化、变形的基础教育带给一代为师者的苦闷，那是理想一再被嘲弄、思想一再被羞辱的苦闷。我想，她的"真话"绝非指向她所在的学校、领导、某个人，而是指向乡村基础教育所处的精神境遇。

人们听说过那些，只是，没有王春艳所说的那么具体而惊心。她所提及的，如在排名奖励下的考试舞弊，站在儿童成长立场上关于放学后补课的内省，说到学校应付检查时的师生联合作假。她所经历的这一切，与她从文字里得到的那一切，如此令她不安，甚至疼痛。

然而，她依然向上，向善，向着光亮的那一边。

越是看到问题，王春艳越是看到自己可以作为的"空间"，看到自己存在的价值。

在世俗与功利的比拼中，她真的很"老实"，什么都不争、不抢，甚至，为了外出学习的机会轮不到她，她宁可自掏腰包。或许，她所争的那个所谓"机遇"，在很多人看来，是如此寻常，如此不值一提。然而，对四周冷硬的生态来说，她的心里有一种"春"的暖意，卑微而高傲地存在着。她，单纯而执着地守护着自己的这一份情怀，就像珍惜她父母赐予的这个名字。

这么多年来，她工资不高，却经常自己掏钱来培训自己。她去洞口，到长沙，上北京……她是语文教师，并没有专业的心理学素养。但是，这么多年来，她坚持自学心理咨询，并获得了心理咨询师资格。不为什么，只是因为她需要，需要为乡村留守儿童、问题学生，甚至是农村家长做专业的心理咨询。

她很朴素，从不用高尚来表达她的动机。

她有很好的文学禀赋，亦有很好的古典修为。在山水田园之间，她以散文表达内心的美好，并以这种美好给质朴的乡小孩子以精神的引航；她以诗联的方式，为乡小少年带来文学的春光。

她告诉孩子，作文没有失败，只有回馈。

她告诉自己，人有三条命，一条是性命，一条是生命，一条则是使命。

王春艳，初中毕业即能考上一师，无疑有很好的天资。她一直生活在乡下，但她不曾玩牌挥霍时光，而是一直留给理想一个春天的拥抱。

她说：我，只是一米阳光。

是的，一米阳光。如果，每一个都是这样的一米阳光，我们，在熙熙攘攘的生命流动里，就有了那一点"非常"的意义吧。

春暖，花会开。

忽而想起那英的歌：

　　如果你渴求一滴水我愿意倾其一片海 / 如果你要摘一片红叶 / 我给你整个枫林和云彩 / 如果你要一个微笑 / 我敞开火热的胸怀 / 如果你需要有人同行 / 我陪你走到未来 / 春暖花开 / 这是我的世界 / 每次怒放 / 都是心中喷发的爱 / 风儿吹来 / 是我和天空的对白……

我想，如果配上王春艳寻常的生活镜头，我想，那种寻常里自有一种感动我们的力量吧。

月亮好的晚上，请春艳老师一起听听这首歌：

　　生命如水 / 有时平静 / 也有时澎湃 / 穿越阴霾 / 阳光洒满你窗台 / 其实幸福 / 一直与我们同在 / 我的世界 / 春暖花开……

（黄耀红，湖南师范大学文学院教授，教育学博士，硕士生导师。凤凰网专栏作者，著有《天地有节：二十四节气的生命智慧》《百年中小学文学教育史论》《底蕴与格局：语文教师专业发展论》《吾土吾湘》《话里有话》《湖湘语文：地域文化下的语文课程建设》《不一样的语文课》《给教育一个远镜头》等。）

目 录 CONTENTS

第三辑 最是书香能致远

第四辑 静坐芸窗忆旧时

第五辑　种　春

第六辑　永远的春姑娘

第一辑

一样流水别样声

一样流水别样声

李白的《黄鹤楼送孟浩然之广陵》中写道："故人西辞黄鹤楼，烟花三月下扬州。孤帆远影碧空尽，唯见长江天际流。"杜甫的七律《登高》中（前半首）写道："风急天高猿啸哀，渚清沙白鸟飞回。无边落木萧萧下，不尽长江滚滚来。"一样的滚滚长江，同样是借景抒情，诗人表达的感情却不一样。李白借滔滔长江之水表达对朋友的依依惜别之情，绵绵友情似江水。杜甫借滚滚长江之水抒发一腔愁苦之情，也就是诗人在"百年多病独登台"之时，"问君能有几多愁？恰似一江春水向东流"。

流水的意象在古诗中是非常丰富而典型的。

唐代诗人杜牧有一首《汴河阻冻》诗，写道：

> 千里长河初冻时，玉珂瑶佩响参差。
>
> 浮生却似冰底水，日夜东流人不知。

诗人看到汴河表面结冰，而冰之下，水仍在奔流不止，联想到似水流年，慨叹岁月无情，人生苦短。这正是孔夫子所说的"逝者如斯夫，不舍昼夜"。而杜牧把人生比作"冰底水"，"日夜东流人不知"一语警人。时间无声无息，无形无痕，恰如冰下之水，看不见，听不到，摸不着，甚至感觉不出。人们对于时间的不自觉，往往缘于此。杜牧的诗比孔子的话更贴切，也更能警策人心。

唐代诗人韩琮在《暮春送别》一诗中写道："行人莫听宫前水，流尽年光是此声。"

到了清代有个诗人写帆舟夜行江上的感受：

> 云自孤飞月自明，蒲帆十幅剪江行。

> 君听浊浪金焦外，淘尽英雄是此声。

作者夜行江上，耳闻浪拍礁石之声，顿生历史沧桑之感。此诗亦是借物寓理，借流水表达的是"大江东去，浪淘尽，千古风流人物"之意。与杜牧诗相比，略带悲壮，而又颇有气魄，熔铸前人诗的意境而胜出一筹。

流水的形态是变化多端的，它的声、色、清、浊，冷、暖、动、静，引起诗人们无穷无尽的遐想。

宋人林稹的《冷泉亭》写道：

> 一泓清可沁诗脾，冷暖年来只自知。

> 流出西湖载歌舞，回头不似在山时。

这首诗写"冷泉"在山林时，清亮透明，沁人心脾，可谓"不受尘埃半点侵"。一旦流入"西湖"这富贵繁华之乡，灯红酒绿之地，承载歌舞之船，便不再有昔日的清纯洁净了。看似写水，实则写人。

像这样别有寓意的诗还有两首：

白云泉

白居易

天平山上白云泉，云自无心水自闲。

何必奔冲山下去，更添波浪向人间！

宿灵鹫禅寺

杨万里

初疑夜雨忽朝晴，乃是山泉终夜鸣。

流到前溪无半语，在山做得许多声。

句句写水，语语双关。这两首诗中，诗人将流水人格化。白居易描写天平山上的白云泉与白云相伴，悠闲自在，可以看作是作者心态平静，向往闲逸生活的表现，也可以理解为诗人"婉劝"泉水不要流到山下去，为本已纷扰多事的人间"推波助澜"。杨万里这首诗，在《中国十大流派诗歌》中解释为讽刺士大夫在朝与在野的不同表现。我则认为诗不必做这种"胶柱鼓瑟"的解释。读者自可由"水态"联想到种种人情世态。

如果说杨万里只是借物喻人，还比较含蓄的话，那么刘禹锡则是"直言不讳"了。他的《竹枝词》写道：

瞿塘嘈嘈十二滩，此中道路古来难。

长恨人心不如水，等闲平地起波澜。

是呀，水不平才流，风激之，则荡之，而世人无端"兴风作浪"，则叫人防不胜防。小人心之险恶甚于险滩之水。想千年之前，几度被谗遭贬的刘禹锡，对于"无风起浪"的小人该是多么痛恨。这首《竹枝词》不知包含多少悲愤之情！千古而后，又不知引起多少人的共鸣！

还有一首写奔流之水的诗，不记得第一次是在什么地方读到的，只记得当时读后很激动，把它抄在一本成语词典的扉页上。诗是这样写的：

瀑　布

李　忱

千岩万壑不辞劳，远看方知出处高。

溪涧岂能留得住，终归大海作波涛！

诗人托物言志，借瀑布之奔流不止表达了远大的志向和非凡的抱负，以及不甘平庸的人生理想。诗句中洋溢着一股令人振奋的豪情，读来使人备受鼓舞。顿觉同感于心，不由得情动性起，也作诗一首：

山　瀑

本非凡水出天庭，志在汪洋伴日升。

奔至悬崖无去路，纵身一跃作雷鸣！

古人说诗能陶情移性，信然！

（发表于 2008 年 11 月《湖南教育》中旬刊）

一片异香天上来

　　放了寒假，又有暖和的阳光，在这完全属于自己的日子里，坐在太阳下，闲读古诗，如对名花。为什么会有这种感觉呢？因为读的都是咏花的诗。

　　诗人罗隐写道：

> 似共东风别有因，绛罗高卷不胜春。
>
> 若教解语应倾国，任是无情亦动人。
>
> 芍药与君为近侍，芙蓉何处避芳尘。
>
> 可怜韩令功成后，辜负秾华过此身。

　　诗人说此花似乎与春风有一段特别的因缘，那盛开的深红色的花朵，如同层层叠叠高卷的绫罗，她体态婀娜娇弱，仿佛承受不住春风的抚摸。她若是能说话，定是倾城倾国，就算她不能表达感情，也已够动人的了。美丽的芍药花呢，只配做她的侍女，连清雅的荷花见到她的芳踪都会避之唯恐不及。只可惜韩弘不知怜香惜玉，这样一种高贵的花，他竟下令铲除，真辜负了这世间美好的事物。这首诗前三联用比喻、拟人等手法把花的美艳渲染到极致。尾联用韩弘铲花的典故，表达对"美"被摧毁的痛惜之情。

李山甫写道：

> 邀勒春风不早开，众芳飘后上楼台。
>
> 数苞仙艳火中出，一片异香天上来。
>
> 晓露精神妖欲动，暮烟情态恨成堆。
>
> 知君也解相轻薄，斜倚阑干首重回。

邀勒，是拦住、强逼的意思。你看，这花好泼辣，她逼着春风不让她早开，等众花飘落后她便盛开在玉楼之上，独领风骚。红艳的花苞似从火中生出，奇异的芳香仿佛来自天上。清晨露浥花瓣，其艳丽之状跃跃欲动；傍晚烟岚萦绕，其妩媚之态如堆愁叠恨。她知道诗人也善解风情，斜倚阑干欣赏着她，恋恋不舍，屡屡回头。此诗运用拟人手法，把花写成一个多情女子，妙趣横生，给人以无尽的想象。

韩愈则借花"说事"：

> 幸自同开俱隐约，何须相倚斗轻盈。
>
> 陵晨并作新妆面，对客偏含不语情。
>
> 双燕无机还拂掠，游蜂多思正经营。
>
> 长年是事皆抛尽，今日栏边暂眼明。

首联先说花儿有幸同开在一处，都不张扬，相安无事，相互倚靠着，而不必争奇斗艳。颔联才描写花的姿容，凌晨花朵盛放，如新妆的美女面庞，对客不语却脉脉含情。颈联宕开一笔，以拟人手法写双燕和游蜂被花吸引，飞掠来往，流连忘返，以衬托花的魅力。尾联则直抒胸臆：凡事皆抛，尽情在栏边欣赏鲜花。细细品味，觉得诗人妙在用一个"斗"

字，以花不争奇斗艳，寄寓自己厌倦官场的明争暗斗。

孙鲂有一首诗写未开之花，颇耐咀嚼：

> 青苞虽小叶虽疏，贵气高情便有余。
>
> 浑未盛时犹若此，算应开日合何如。
>
> 寻芳蝶已栖丹槛，衬落苔先染石渠。
>
> 无限风光言不得，一心留在暮春初。

此诗着力描写花苞蓄势待发，可谓形神皆备。颈联的意思说此花还未开放，寻觅芳香的蝴蝶早已栖落在花圃的红色栏杆上；为承托落瓣，石渠旁的苔藓已先将地面铺染得苍翠厚实而又洁净。用侧面烘托的手法，营造出一种此花不同一般的氛围。尾联"无限风光言不得，一心留在暮春初"，大有"不鸣则已，一鸣惊人"之意。此乃诗人借花言志。纵观全诗，角度新颖，构思巧妙。

女诗人薛涛，美姿容，多才艺，以诗著称，有《锦江集》。她写有一首这样的诗：

> 去年零落暮春时，泪湿红笺怨别离。
>
> 常恐便同巫峡散，因何重有武陵期。
>
> 传情每向馨香得，不语还应彼此知。
>
> 只欲栏边安枕席，夜深闲共说相思。

这首诗从字面看是表达相思之情的。"红笺"就是指薛涛自创的一种用来写诗的深红小彩笺（当时称为"薛涛笺"）。颔联用了典故，意思是常恐恩爱像巫山云雨那样飘散，因何又能在这类似武陵源般美如仙

境的地方重逢。如果是写相思，此诗就略嫌浅俗。但诗人在咏花。一说
是咏花的诗，回头再读，忽觉有趣。诗人把花当作她的爱人了！这花令
她如痴如醉，恨不得把床安在栏边，深夜与花共语，诉说"相思"。还
可以理解为诗人借花传情，以花喻爱人，在诗中花与爱人的形象是叠合
在一起的，堪称匠心独运。

那么，到底是什么花有这种夺人心魄的魅力，使人如此迷醉呢？

我们且看李商隐写的：

> 锦帏初卷卫夫人，绣被犹堆越鄂君。
>
> 垂手乱翻雕玉佩，折腰争舞郁金裙。
>
> 石家蜡烛何曾剪，荀令香炉可待熏。
>
> 我是梦中传彩笔，欲书花叶寄朝云。

诗中没有一个写花的词，何焯评曰："非牡丹不足以当之。"薛涛
所咏亦是牡丹，她是从女性独特的感受和视角来写的。李商隐的诗歌艺
术特征之一就是精于用典。此诗纪昀曾评曰："八句八事，却一气鼓荡，
不见用事之迹，绝大神力！"这首诗句句用典，对仗整饬，辞藻华美，
繁复艳丽，其风格正与雍容华贵的牡丹相称。首联用历史上的美人——
卫夫人与越鄂君形容牡丹的色艳。颔联用美妙的舞姿——"垂手"与"折腰"
（均为舞名）形容牡丹的姿容。颈联用西晋豪富石崇家蜡烛当柴烧的典故
形容牡丹光彩照人，用东汉荀彧曾得异香，坐处三日仍有余香的典故形
容牡丹奇香扑鼻。尾联说：我用梦中得到的彩笔，想把心里话写在牡丹
花叶上寄给朝云。此诗据说是李商隐早年受令狐楚器重，欣赏牡丹时所写，

诗人以牡丹隐喻自己心仪的女子。

其实这六首诗所咏都是牡丹，作者都是唐代诗人，诗题略有不同，罗隐的诗题为《牡丹花》，韩愈的诗题为《戏题牡丹》，孙鲂的诗题目是《题未开牡丹》，其余三首题目均为《牡丹》。诗人锦心绣口，这六首诗有如六朵牡丹，姚黄魏紫，各呈芳姿，读后使人感到赏心悦目。牡丹，富丽堂皇，国色天香，在历史上曾被选为国花。我国赏牡丹习俗由来已久，唐宋之际，盛极一时，曾成为时尚。刘禹锡诗曰："惟有牡丹真国色，花开时节动京城。"徐凝诗曰："三条九陌花时节，万户千车看牡丹。"北宋人邵雍诗曰："洛阳人惯见奇葩，桃李开花未当花。须是牡丹花盛发，满城方始乐无涯。"可想见当时之盛况。

说到牡丹，还有北宋人朱长文的一首诗值得一读。

淮南牡丹

> 奇姿须赖接花工，未必妖华限洛中。
>
> 应是春皇偏与色，却教仙女愧乘风。
>
> 朱栏共约他年赏，翟幄休嗟数日空。
>
> 谁就东吴为品第，清晨子细阅芳丛。

"子细"同"仔细"。此诗的独特价值在于诗人除赞美牡丹外，还歌颂了牡丹接花工，肯定了接花工在牡丹栽培史上的历史地位。是呀，"名花也自难培植"，正如樱桃好吃树难栽。牡丹不像"梅花时到自然开"，它需要人工嫁接，精心培育。牡丹到晚春才开花，诗人说她"迟开都为让群芳"，其实她是太娇贵，不耐寒，在春寒料峭之时，还须种花人用

篷帐遮护。但《咏牡丹诗词精选》一书收录的308首诗词中，歌颂接花工的，只此一首。我想，倘若举国皆为牡丹狂，无人念及种花匠，鲁迅先生若在世，定会将此列为国民的劣根性，进行批评。因为这是不记本的表现。因此，我谨以此文对古往今来各种行业中栽培牡丹的人表示敬意，并赋诗一首：

题牡丹

落雁沉鱼帝女妆，煌煌煜煜映霞光。

龙分澍雨滋雍态，天与薰风酝异香。

培土养根防冷冻，保温护蕾就春阳。

人间四月繁华景，半是花工绘丽章。

（发表于《文学欣赏》2022年第2期）

丹心独抱更谁知

"古来材大难为用"，杜甫的《古柏行》一诗揭露了人才不被重用的现实，抒发了怀才不遇的愤懑。这首长诗如黄钟大吕，令人振聋发聩。我还读到过多首类似主题的小诗，体制虽小，同样掷地有声，读来发人深省。

明人俞大猷的《咏牡丹》写道：

闭眼花底千千种，此种人间擅最奇。

国色天香人咏尽，丹心独抱更谁知？

诗人说人间花草千万种，最是珍奇牡丹花，她的"国色天香"被众多诗人歌咏，但她的一颗"丹心"又有多少人能了解呢？诗人借此隐喻自己一腔赤诚不被理解。

宋人吕夷简也借牡丹来表达自己的心迹。其诗写道：

西溪看牡丹

异香秾艳厌群葩，何事栽培近海涯。

开向东风应有恨，凭谁移入五侯家？

牡丹异香秾艳，冠压群芳，本是富贵种，只宜生在"玉堂""池馆"及"画栏"，沉香亭畔上林苑。可她因什么事被栽在这荒凉之地（西溪）？又依靠谁将她移入"五侯之家"？诗人似乎在抱不平，又似乎有点不甘心。

他是在质问，还是在期待？

晚唐诗人杜荀鹤出身寒微，早露才华，却半生漂泊，直到四十六岁才考中进士，中进士之前一直生活在农村。他写过这样一首诗：

小　松

自小刺头深草里，而今渐觉出蓬蒿。

时人不识凌云木，直待凌云始道高。

这就是诗人自身的写照。

我觉得历来人才不被重用，不仅仅是人中少慧眼，"时人不识""不知"，更多的时候是识而不用，知也难用，人才都被种种不合理制度和不公平现象所扼杀。像晚唐社会腐败，科举很不公平，"帝里无相识"的才子都不能中榜，多少有才华的读书人终身屈居下僚，杜荀鹤能在四十六岁考上进士已是幸运的了。黄巢在屡次落第后愤然写下《题菊花》："飒飒西风满院栽，蕊寒香冷蝶难来。他年我若为青帝，报与桃花一处开。"

宋代豪放派词人辛弃疾，生于国事多难、需要能人的年代，而他正是这样一个既智略超群，又雄心万丈，且体壮如虎的雄才。平生以气节自负，以功业自诩，本想驰骋疆场，运筹帷幄，灭敌复国，扭转乾坤，却由于历史的错位，致使"雕弓挂壁无用"，宝刀生尘。辛弃疾因南宋王朝的荒唐政策而受到歧视，不被信任，又因自己傲岸刚直的个性而受到嫉恨和排挤，无法在职任上有大的建树和作为，只得将笔做剑锋，把一生如东海般的才华倾泻在词坛上。最终"却将万字平戎策，换得东家种田书"，赍志而殁。他写过这样一首诗：

巨 石

巨石亭亭缺啮多，悬知千古也消磨。

人间正觅擎天柱，无奈风吹雨打何！

这位往古英雄无疑是以巨石自喻，"人间正觅擎天柱"，恰巧天生巨石，本可承担这"顶天立地"之重任，然而，残酷的现实中天塌地陷，山河破碎，巨石却遭受恶风疾雨的侵蚀，一点点被消磨，被吞噬。千古而后，令人想来，恨恨难平。此等悲剧非诗人一己之悲剧，而是时代的悲剧，历史的悲剧，社会的悲剧！

人世间最令人痛心的莫过于对人才（包括对一切美好事物）的摧残了。白居易在唐代诗人中要算命运好的了，曾官居左拾遗，本有极高的参政热情，屡次上书，指陈时弊，却稍不留神就被扣上莫须有的罪名，被贬为江州司马。他写有《东城桂》三首，其中有一首这样写道：

霜雪压多虽不死，荆榛长疾欲相埋。

长忧落在樵人手，卖作苏州一束柴。

可见诗人忧心忡忡，官场险恶，随时都可能遭到不测。名贵的桂木，虽然自身坚强，耐得住霜打雪压，怎奈荆榛之类的灌木长期忌妒倾轧。最可怕的是落在"樵人"手中，被当作柴火，烧成灰烬。这"樵人"是指现实生活中哪种人呢？

且看李商隐写的：

初食笋呈座中

嫩箨香苞初出林，于陵论价重如金。

皇都陆海应无数，忍剪凌云一寸心？

此诗以吃笋影射当权者任意压制、摧残有志之士的专横做法。

凡了解李商隐故事的人，未能不为他的遭遇扼腕叹息。李商隐十七岁显露文才，十八岁得到令狐楚的赏识和指点，并进令狐楚幕府，真可谓如虎添翼，前途似锦。可是造物主偏偏让他娶了恩人的政敌之女，这人间的一"恩"一"仇"如同两座峡壁，他被夹于这峡壁的缝隙中生存，成了政党斗争的无辜牺牲者，郁郁终身。

我儿时在《少儿古诗读本》中读到这首诗，印象很深，因为我们自己也吃笋。现在联系李商隐的身世来想，从诗题"初食笋呈座中"六字看，此诗应当是其早年在豪门贵家生活时的作品，这时诗人还未遭到打击。可这首诗竟成了诗人自身际遇的"预言"。古人常有"诗谶"一说，如《红楼梦》中的灯谜。莫非诗人那颗敏感的心，在遭受打击之前就感知到社会的不公？

最近在《昨夜闲潭梦落花》一书中，读到一首很有滋味的诗，顿生感慨。诗题为《野井》，作者是唐代的郭震。郭震文武双全，十八岁时就顺利中举，少年得志。他的经历富有戏剧性。年少气盛的郭震在任上触犯了"法"，本要治罪，女皇武则天一看他相貌堂堂，器宇轩昂，心就软了。他就趁机献上一首长诗《宝剑篇》，赢得了武则天的夸奖，竟因祸得福，不但没被治罪，反而从此青云直上，官至兵部尚书，荣耀一时。但武则天一退位，这郭震的好运就随即结束。唐玄宗登基后，以郭震旗下军容不整为由，将他罢官流放新州。这就是所谓"一朝天子一朝臣"，管你人才不人才。倒是这历史上唯一的女皇武则天有心爱惜人才，就连骆宾王写的《为徐敬业讨武曌檄》这样讨伐她的文章，她读后都能撇开个人情绪，而对其文才大加称赞，甚是难得。

郭震的诗是这样写的：

野　井

纵无汲引味清澄，冷浸寒空月一轮。

凿处若教当要路，为君常济往来人。

山野之中有一口清澈的井，虽无人"汲引"，但它甜美的味道和清纯的品性始终保持着，它的心里浸着寒空中冰轮般的明月。这样一口井若是处在要道之上，会向络绎不绝的行人奉献自己永不枯竭的甘泉。

此诗当写于未得志（或失意）之时，诗人以井自喻，渴望被置于"要路"，从而一展抱负。诗中隐含不被赏识、怀才不遇之失落感。

其实，怀才不遇也是难免之事，只因人们认识事物总会受到种种局限。我曾写过这样两首诗：

己亥遭遇倒春寒有感

连月雨侵草木愁，柳眉不展众芳休。

出门四望寻春色，桂树梢头见嫩柔。

诗人都道柳迎春，未遇春寒不算真。

多少无名花共草，率先送绿到山林。

冰雪林中著此身

含情最耐风霜苦，清香无以敌寒梅。造化可能偏有意，此花不与群花比。

梅花，以她独特的不畏严寒的禀性，赢得人们的喜爱，成为中国国花。家在楚湘之地，自小没有见过梅花。我爱梅花，首先源于一句经典的警联："宝剑锋从磨砺出，梅花香自苦寒来。"儿时，父亲总拿梅花来教育我。在看到梅花之前，我就被梅花的精神鼓舞着。后来，我在第一师范读书时，欣赏到了学校的蜡梅。那蜡梅，花小色淡。浅黄的花朵并不鲜艳，绽放时却有一股奇香沁人心脾。

因爱梅花，我买了本《咏梅诗词精选》。历代诗人咏梅，多将梅与雪并写，普遍的主题是赞美梅花傲霜斗雪、不随众俗、甘心寂寞等精神和个性，常见的手法是以风雪欺压、桃李争春作反衬。如晚唐诗人韩偓的《梅花》即可为例：

> 梅花不肯傍春光，自向深冬著艳阳。
>
> 龙笛远吹胡地月，燕钗初试汉宫妆。
>
> 风虽强暴翻添思，雪欲侵凌更助香。
>
> 应笑暂时桃李树，盗天和气作年芳。

但另有一些诗不落窠臼，从独特的角度来咏梅，并蕴含哲理，耐人寻味。晚唐诗人罗邺的《梅花》是这样写的：

> 繁如瑞雪压枝开，越岭吴溪免用栽。
>
> 却是五侯家未识，春风不放过江来。

吴越之地多梅，漫山遍野，不用人工栽培，隆冬之时，迎雪开放，繁花如雪，瑞雪如花。这是大自然对江南的恩赐。可是，在北方生活的权贵们（五侯家），没有江南人那份欣赏梅花的福气。为什么？因为春风不让梅花过江到北方去。由于气候原因，唐代时北方已很少有天然野生梅树了。读着这首诗，我们似乎可以悟出点什么：享受着极大权势并且可以利用权势享受荣华富贵的达官贵人们，生活中也免不了诸多遗憾。权势再大，大得过自然规律吗？金钱能买得到天然的精神享受吗？一句"春风不放过江来"，看似通俗的拟人句，蕴含了多么丰富的哲理意味！

说到咏梅寓理，我以为当属南宋诗人卢梅坡的《雪梅》二首最著名。其第一首写道：

> 梅雪争春未肯降，诗人搁笔费评章。
>
> 梅须逊雪三分白，雪却输梅一段香。

诗人运用拟人的手法，写梅雪争春，互不相让，请诗人出面当裁判。而诗人却做了个好好先生，让梅和雪平分"春色"——梅不如雪白，雪不如梅香。这不形象地说明，世上万物各有所长吗？再由此联想到我们所面对的学生，能用一种标准给他们分个高下吗？在这首诗中，梅和雪的关系不是对抗和衬托，而是相互比美，这是这首诗构思上的新颖之处，同时也启迪我们：看事物干吗非要抑此扬彼呢？

　　有意思的是，同是早梅，不同的诗人感受不同，从中受到的启迪也大相径庭。且看：

早　梅

〔南宋〕郑硕

纷纷蜂蝶莫教知，竹外疏花一两枝。

待得枝头春烂漫，便如诗到晚唐时。

早　梅

〔元〕冯子振

从来花发先群芳，又向丛中独擅场。

毕竟先开定先落，争如雪里更馨香？

　　郑硕的《早梅》前两句用蜂蝶未知、花朵稀疏点出"早"梅，后两句说待到满树梅花盛开、春光烂漫之时，那就好比诗歌到了晚唐时了。用晚唐诗比喻梅花盛开，真可谓别出心裁！言外之意是赞美早梅的可贵和可爱。因为花到盛开之时也就接近凋落之时了，所谓盛极必衰。早梅的可爱在于她正处于不断旺盛的时期，给人带来的是希望。早梅的可贵之处则在于稀少。试想，冰天雪地里那么一朵两朵最先绽放的梅花，必然会赢得人们特别的关注和青睐，这是早梅的幸运。同理，相对于百花，梅花又是幸运的。梅花选择了这样一个万物萧索、天寒地冻的季节开放，以至诗人们恨不得把所有的溢美之词都捧给她。

　　但事物总有两面。元代散曲家冯子振的《早梅》却揭示了另一面的道理。诗人认为早梅先于群花开放，固然可以独领风骚，独占风月，引人注目，可惜又怎么比得上在雪里盛开，由雪衬托着更显馨香呢？"毕竟先开定先落"，这是不可扭转的自然规律。甘蔗没有两头甜，既然万事有得必有失，又何必刻意追求呢？

天将奇艳与寒梅，冰姿凌霜绝尘埃。梅花，天地之间的尤物，我总觉得她不是用来说理的，她带给人们更多的是精神上的振奋和审美上的享受。你想，万木凋零中，那灿然怒放的梅花，不使人眼睛一亮、精神为之一振吗？她在寒冷中给人带来力量，给大地带来生机。她让人们知道，即使在最严寒的季节，生命从未休眠过，美，从未被压抑住。

梅花，定当激发诗人的奇思妙想。且读宋人李觏的这首诗：

雪中见梅花

数枝斜出短墙阴，密雪无端苦见侵。

天意似怜群木妒，尽教枯朽作瑶琳。

数枝梅花从矮墙背阴处斜伸出来，幽香冷艳，玉脸冰肌，笑迎飞雪。而这纷纷扬扬、密密层层的大雪，却没来由地苦苦地侵凌着梅花。不，这漫天大雪不是来欺压梅花的，这是老天爷怜爱独自开放的梅花，怕"群木"忌妒梅花，所以施展魔法，让那些枯木朽株也都"开"满雪花，暂时变作玉树琼枝。真是诗意隽永，匠心独运！

金人麻九畴的《红梅》一诗也极富想象力，值得一读。

一种冰魂物已尤，朱唇点注更风流。

岁寒未许东风管，淡妆秾抹得自由。

诗人说梅花冰清玉洁，堪称尤物。这红梅呢，原是白梅涂了胭脂点了口红化妆而成。在隆冬季节，她们不属于司春之神管辖，因而可以无拘无束尽情打扮自己。或素面朝天，或浓妆艳抹，任凭个性，自由自在。不像到了春天，在百花仙子的统领下，桃红李白，迎春花黄，一切都有了格局。这么说来，梅花为了争取个性自由，宁可忍受寒冷和孤寂，其精神多么可贵！

小学语文教材里选编了元代画家王冕的《墨梅》一诗："不要人夸好颜色，只留清气满乾坤。"真君子也！而我更喜欢他的另一首《早梅》：

冰雪林中著此身，不同桃李混芳尘。

忽然一夜清香发，散作乾坤万里春。

梅花甘心置身冰雪之中，不愿与桃李混在一起争夺名声。但这里的梅花并不是目无下尘，也没有孤傲之态，而是超然脱俗，清雅高洁，将自己的芳香洒满乾坤，带给人间万里春色！高洁的梅花令我仰慕，我一直在想，梅花为什么能达到这种超然物外的境界？我也不用藏拙，且自吟一首诗来回答吧：

雪中梅（新韵）

闻说香自苦寒来，故在严冬斗雪开。

天赐灵根甘寂寞，冰魂玉魄远尘埃。

（发表于《中国教师》2021 年第 30 期）

春在溪头荠菜花

桃红又是一年春。

春在哪里？春归何处？千古以来，无数的诗人都在追问，答案却众说纷纭。且让我们踏着诗的节拍，跟随诗人，去探寻春的信息吧。

朱熹的《春日》写道：

> 胜日寻芳泗水滨，无边光景一时新。
>
> 等闲识得东风面，万紫千红总是春。

阳光明媚，云淡风轻，踏青访春，来到泗水之滨，四望田野，风光景物，焕然一新。当此之时，东风荡漾，拂面和暖，万紫千红，群花竞放，啊，这就是浓浓的春光！

"万紫千红总是春"，这还用他告诉吗？到了农历二月初，我所在的乡镇，村前屋后，桃红李白，校园周围的田野里是大片大片金黄的油菜花。远处漫山遍野开满了白色茅柴花，山上仿佛下了一场小雪，只有较高的树木露出青色。树木上各色嫩叶明艳如花。放眼望去，花团锦簇，春意盎然！这样迷人的春光谁不知道欣赏呢？不如叶绍翁由一枝杏花就可联想到满园春光。

游园不值

应怜屐齿印苍苔，小扣柴扉久不开。

春色满园关不住，一枝红杏出墙来。

但照唐人杨巨源的诗来看，发现春在花朵就不算高明。他的《城东早春》是这样写的：

诗家清景在新春，绿柳才黄半未匀。

若待上林花似锦，出门俱是看花人。

诗的意思是说，有识见的诗人应当在春天初来乍到时就能感知春的气息，也就是在花未含苞叶未青，柳芽儿才舒展开惺忪的眉眼，黄绿未匀之时，就能感受春之生机，领略春光之美。等到大自然繁花似锦时，连凡夫俗子都知道欣赏赞叹了。旧时流传的一本《千家诗》里解析说，此诗"比喻为君相者，当识才于未遇，而拔之于卑贱之时也"。诗是形象思维，形象大于理论，因而，诗展示给我们的形象具有多义性。这首诗极富理趣，如果说它借物寓理，难道仅仅比喻"为君相者识才"吗？作为一个教师，我们怎样判别一个学生的潜能，不正好可以从这首诗中受到启发吗？还记得1997年，我在九公桥完小担任教研组长，第一次从《湖南教育》杂志上了解到关于素质教育的信息。于是在学校倡导并成立了"素质教育兴趣小组"，在小组成立大会上，我就是引用这首诗来说明我们应该预知未来教育改革的趋势，先人一步，进行素质教育方面的探索。

其实，发现春在柳叶还不算敏锐。语文七年级下册教材选编了韩愈的《早春呈水部张十八员外》一诗：

天街小雨润如酥，草色遥看近却无。

最是一年春好处，绝胜烟柳满皇都。

原来，春在细雨霏霏略带寒意之中，春在泥土已润软如酥油之境，春在"草色遥看近却无"之时。而这一切好像还不是春天，好像春之雏儿还未冲破冬的蛋壳。但春的种子已经被这细雨滋润，就在这松软的泥土中萌发了。在草芽稀疏短浅之时就体察出春之美妙，诗人该具有怎样的灵心慧眼哪！我觉得这首诗体现了一种崭新的美学观点和一种朴素的哲学思想。作者赞赏看似低贱卑微而实则生命力极强、扎根泥土的小草，把它当作春的信使，而并不欣赏表面繁荣的暮春烟柳。这说明诗人对社会人生乃至宇宙生命有一种独特的感悟。"草色遥看近却无"一句曾被作为 2008 年的高考作文题。这句诗使我想到"大体则有，具体则无""星星之火，可以燎原""聚沙成塔，滴水成河"等成语及其蕴含的哲理。而整首诗综合起来，细细品读，又能让人得到另一种启迪。我教这首诗时曾向学生质疑：作者认为早春大大胜过晚春，你能说出理由吗？如果把人生比作四季，你从这首诗中受到什么启发？学生悟出来了，说青少年就是人生的春天，我们应该在早春就认识春天的珍贵并珍惜它，不要等到春天即将过去才意识到这一切。

自古以来，人们希望春天常驻人间。但花易落，春难留，正如黄庭坚的《清平乐·晚春》所写的："春归何处？寂寞无行路。若有人知春去处，唤取归来同住。春无踪迹谁知？除非问取黄鹂。百啭无人能解，因风吹过蔷薇。"有多少诗人寻春、伤春、惜春，留下了脍炙人口的诗篇。

那么，春花去后，他们能在哪里重新寻找到春天呢？

唐人王驾的《春晴》写道：

> 雨前初见花间蕊，雨后全无叶底花。
>
> 蜂蝶纷纷过墙去，却疑春色在邻家。

一番风雨，绿肥红瘦。雨过天晴，蜂蝶们兴致勃勃到园林采花而来，结果不见了花，又纷纷飞过墙去。诗人望着弃他而去的蜂蝶，痴痴地想，难道春天藏在邻家的园林里吗？

白居易仿佛费尽千辛万苦，终于在深山老林里找到了春天：

大林寺桃花

> 人间四月芳菲尽，山寺桃花始盛开。
>
> 长恨春归无觅处，不知转入此中来。

其实，春天长期驻扎在大自然里，如果住在山林，当然就不用找了，而随时都可以享受到春光。元人朱希晦在《寄友》一诗中说：

> 雨过溪头鸟篆沙，溪山深处野人家。
>
> 门前桃李都飞尽，又见春光到楝花。

瞧这"溪山深处野人家"，一阵山雨过后，他惬意地欣赏鸟儿们，小鸟用爪子在溪边的沙地上，画着他并不认识的篆书。真正的超然世外，物我两忘！在这里，人与大自然已融为一体，不找春光，却自在春光之中。

我觉得最能从大自然中找到春光，用以滋养自己苦痛心灵的莫若辛弃疾。请看：

鹧鸪天

陌上柔桑破嫩芽，东邻蚕种已生些。平冈细草鸣黄犊，斜日寒林点暮鸦。山远近，路横斜，青旗沽酒有人家。城中桃李愁风雨，春在溪头荠菜花。

"春在溪头荠菜花"，这句诗曾使我多么激动，以至心潮澎湃。我觉得，无论是春在哪里，或春归何处，都可以用这一句诗来回答——春在溪头荠菜花！正是荠菜花连接了冬和春。荠菜，生长于农历十一二月，正是秋后万木凋零、百草绝迹之时。每当这个季节，我最爱到田野里去寻找荠菜，挖那嫩嫩的荠菜做菜吃。大约春节过后，荠菜就会抽茎开花，开着米粒般的小白花。

如果你知道了荠菜花，你就相信春天从未离开过我们。春天就在冬天之中，就在心中。荠菜花才是春的本来面目，它朴实平凡，贴地而生，毫不起眼。但它生命力顽强，跟小草一样，自生自长，遍及每一寸泥土。所谓桃李杏，只不过是春天心血来潮时的浓妆而已。春的本质是朴素的，并不是艳丽夺目。

跟随诗人寻访春的足迹，我也终于悟出了春的所在：

桃李未开油菜青，野笋欲出蕨芽嫩。山坡羊崽伴牛犊，田垄黄花如碎金。终日寻，不见春，芒鞋踏破岭头云。归来忽见村童笑，春在心头已十分。

（获 2019 年"新人杯"全国中小学文学（作文）大赛教师特邀作品一等奖）

翠盖佳人临水立

古人有诗曰：煌煌芙蕖，从风芬葩。照以皎白，灌以清波。阴结其实，阳发其花。金房①绿叶，素株翠柯。

水陆草木之中，荷，堪称一绝。它生于绿泉，叶大如伞，苍翠似玉，圆展高举；花硕如盘，腻若凝脂，光艳夺目，亭亭挺立。花叶都有长柄，那长柄也好似用翡翠雕琢而成，优雅地托举着荷叶莲花，在微风之中，碧波之上，摇曳生姿。偌大的花和叶相映成趣，天然入画。就连那嵌满莲子的蜂房似的莲蓬，也别具风味。

荷，是水中精灵，它的美，摄人心魂。荷的姿色、神韵，无物可比，无法形容。古今文人墨客咏荷，大都把荷花当作美人来写，称她为凌波仙子。我想，大约是荷的花和叶大而直立，有半人多高，花如嫩脸，粉态含春，叶似绿裙，翩翩起舞，使人自然而然联想到美人。荷花美，咏荷诗词自然也可爱。

你看，五代人欧阳炯的《女冠子》是这样写的：

秋宵秋月，一朵荷花初发。照前池，摇曳熏香衣，婵娟对镜时。蕊中千点泪，心里万条丝。恰似轻盈女，好风姿！

月夜中的一朵新荷，宛如豆蔻年华的少女，正对着池水这面镜子顾盼自赏，这一幕恰被作者窥见，不由得击掌赞叹：好风姿！

宋代词人晏殊在一首《菩萨蛮》中写道：

> 芳莲九蕊开新艳，轻红淡白匀双脸。一朵近华堂，学人宫样妆。 看时斟美酒，共祝千年寿。销得曲中夸，世间无此花。

很有意思，词人说这朵荷花用轻红淡白的脂粉将脸涂抹得非常均匀合适，她是学着宫女的装扮样式。词人在看她时，斟满美酒与她对饮，并共祝长寿。

晏几道的一首《蝶恋花》写道：

> 笑艳秋莲生绿浦，红脸青腰，旧识凌波女。照影弄妆娇欲语，西风岂是繁华主。 可恨良辰天不与，才过斜阳，又是黄昏雨。朝落暮开空自许，竟无人解知心苦。

这位晏几道比其父（晏殊）更多情了，在他眼里荷花就是一位美女，生于绿浦，红脸青腰，照影弄妆，欲语还休，楚楚动人。他不仅欣赏到美女的神态风韵，还体会到美女的内心——自叹良辰不驻，美貌易衰，无人理解自己的一番苦心。

金人元好问一生三次到济南，被大明湖的荷花深深吸引，他在一首诗中写道："日日扁舟藕花里，有心长作济南人。"他写荷花连形态都略去不写，直接写神态。

鹧鸪天·莲

瘦绿愁红倚暮烟。露华凉冷洗蝉娟。含情脉脉知谁怨，顾影依依定自怜。 风送雨，水连天。凌波无梦夜如年。何时北渚亭②边月，狼藉秋香拂画船。

词的上片说莲花含情脉脉，顾影依依，如愁似怨，结尾两句则直抒胸臆：什么时候再到那北渚亭边，在朦胧的月光下，乘着画船，荡入荷花深处，享受着四处洋溢的荷香啊！可见，荷花迷住了作者的心。

南宋一个叫高观国的词人则对荷花更痴情，他简直把荷花当作自己的情人了，他的《祝英台近·荷花》写道：

> 拥红装，翻翠盖，花影暗南浦。波面澄霞，兰艇采香去。有人水溅红裙，相招晚醉，正月上、凉生风露。　两凝伫。别后歌断云间，娇姿暗无语。魂梦西风，端的此心苦。遥想芳脸轻颦，凌波微步，镇输与、沙边鸥鹭。

霞光映照澄澈的波面，我荡着兰舟去吮吸荷香。只见一位佳人身披

红妆，撑着翠绿的宝盖，在南浦之畔。啊，她的红裙被水波溅湿了，她招手邀我与她一同沉醉，在这月明露凉的晚上。我与她伫立月下相对凝眸。离别后她默默无语，我魂牵梦绕，两心都是莲子般地苦。遥想她芳脸轻瞿、凌波微步的美姿，终日与沙边鸥鹭为伴，堪羡鸥鹭有福！

这位佳人是谁呀？就是荷花也！

一朵荷花美，万朵荷花更美，那接天莲叶、十里荷花又是怎样的情景呢？宋末词人蒋捷的《燕归梁·风荷》写道：

> 我梦唐宫春昼迟，正舞到、曳裙时。翠云队仗绛霞衣，慢腾腾，手双垂。　忽然急鼓催将起，似彩凤、乱惊飞。梦回不见万琼妃，见荷花，被风吹。

风中的数顷莲塘万朵荷花，仿佛仙境，如梦似幻，恍惚中作者好像撞见一个翠盖幢幢、霞衣绛裳的宫廷舞女仪仗队，万个妃子一齐舞蹈，其场面何等壮观！用梦境写荷花可谓别出心裁。

有这样一个故事：说是昨天夜晚，嫦娥游完洞府，醉归月宫的时候，不小心将头上的玉簪，掉到水里去了，水神对此很不高兴，将玉簪拿回水晶宫，准备天亮后与嫦娥理论一番。没想到经南风一吹，水面上开出了清香弥漫的白莲花，谁能分辨这是玉簪还是莲花呢？

原来这是宋末道士葛长庚《满江红·咏白莲》一词中的情节。让我们来欣赏这首词：

> 昨夜姮娥，游洞府、醉归天阙。缘底事、玉簪坠地，水神不悦。持向水晶宫里去，晓来捧出将饶舌。被薰风吹作满天香，谁分别。

芳而润，清且洁。白似玉，寒于雪。想玉皇后苑，应无此物。只
得赋诗空赏叹，教人不敢轻攀折。笑李粗梅瘦不如他，真奇绝。

读到此处，我们也不由得要赞叹一声：真奇绝！莲花奇绝，咏莲词
也奇绝。编故事来赞莲花，真是匠心独运。是那令人陶醉的莲花激发了
人们的想象啊！

白莲似乎更得诗人青睐，许多诗人专门写诗咏白莲。明人高濂的《葆
叶杯·白莲》写道：

曾说玉容倾国，堪惜，照水艳西施。清标原不藉胭脂，为想
出尘姿。　占得瑶池玉井，清影，风乱白云低。舞动飘飘白羽衣，
鸥鹭逐同飞。

白莲玉容倾国，盖过西施。她俊逸清高，不涂脂抹粉，天生丽质，
超凡脱俗。她在风中舞动白羽衣，把鸥鹭也吸引过来了，与她同飞共舞。

更为稀罕的是双色莲，一枝能开两色花。宋人赵彦端的《鹊桥仙·二
色莲》是这样写的：

藕花亭上，无尘无暑，滟滟一池秋韵。绿罗宝盖碧琼竿，翠
浪里、亭亭月影。　一家姐妹，两般梳洗，浓淡施朱傅粉。夜深
风露逼人怀，问谁在、牙床③酒醒。

诗人说这双色莲是一对双胞胎姐妹，做不同的打扮，一个浓抹胭脂
一个淡搽白粉。夜深人静风凉露湿的时候，诗人看见她们从精美的闺房
床上酒醉醒来了，不禁问道：那是谁家的千金呀？我想，怕是诗人自己
醉了吧。

并蒂莲是莲中奇葩，象征爱情和祥瑞。你看这首《酷相思·咏并头莲》：

分艳连香争宛袅④，正绿水红妆晓⑤。惜欢情、两两盈盈巧。

日出也双飞早，月出也双栖早。　谱订鸳盟年尚小，结子还同老。

怕分离、步步心心绕。花放也相逢好，花谢也相思好。

真不知是用莲花写爱情，还是用爱情写莲花？

哦，原来荷花的美，实在只可意会，不可言传。其冰肌玉骨，水佩风裳，不能实写，只容想象。花中莲荷，好比鸟中凤凰。

翠盖佳人临水立，天放娇娆岂自知。

人间有笔应难画，为君赋得断肠诗！

注释：

① 金房：指金黄的莲蕊。

② 北渚亭：在济南大明湖畔。

③ 牙床：精美华贵的床。

④ 宛袅：身姿动摇不定。

⑤ 晓：这里是明亮的意思。

第二辑

白云深柳读书堂

白云深柳读书堂

道由白云尽，春与清溪长。

时有落花至，远随流水香。

闲门向山路，深柳读书堂。

幽映每①白日，清辉照衣裳。

——唐·刘慎虚《阙题》②

茫茫大山，森森树林。林中崎岖的山路，领我前行。抬头仰望，万壑有声传天籁，群峰无语沐金光。白云与清风在山腰上捉迷藏。时而有一两只小鸟从这枝飞向那枝，仿佛在为我带路。双手拨开浓浓的云雾，不断往上攀爬。我要去的地方，就是隐匿在深山之中的一座别墅。

突然，眼前豁然开朗，朵朵白云坠到悬崖边上。通往友人别墅的那条小路，正从这白云的尽头出发。我沿路上行，一条活泼的小溪兴奋地奔冲而下，绽放着愉快的浪花。溪水用清亮的胴体，叩击在山石的琴弦上，那悦耳的琴音，涤尽了我远途跋涉的倦意。正当春暖花开，春光春色与山路与溪水，同其悠长。溪岸两旁的青草丛中，开着连绵不断的野花，在春风中摇荡。这情景，宛如流动的彩色五线谱音符，哦，这就是溪水弹奏的曲谱。

走着，走着，会有落瓣倏然飘至脚尖。溪水中也不时有落花乘波而来。春风仿佛一个调皮的孩子，坐在花树上浪笑。那嫣红的落瓣，可是春风献给溪水的甜蜜芬芳的吻？春风的吻把溪水都染香了，这一路奔流的水中散发出丝丝缕缕的清香。

我正暗自沉吟："登登山路何时尽，决决溪泉到处闻。"不经意间，一抬头瞥见了密林掩映之中的碧瓦红墙。近了，近了，你看那悠闲的木门惬意敞开着，对着这深山中唯一的小路张望。我不由得加快步伐，欣然登堂入室，主人莞尔一笑，不惊不慌。与朋友携手在庭院徜徉，只见院内高柳成荫，长条飘拂。幽深的柳影之中，就掩藏着友人的读书堂。

虽然是日光朗照的白昼，但无论庭中院外，都被浓荫覆盖，竟显得有点幽暗。阳光经过绿叶的过滤，照射下来仿佛月亮的清辉，那般柔和，那般恬淡。从树叶缝中洒落下来的光斑，映照在我们身上，仿佛给我俩的衣裳绣上了金色的图案。

寒暄小憩之后，步入友人的书房。遂与友人一同展卷阅读。此情此景，恰是：

> 双双瓦雀行书案，点点杨花入砚池。
>
> 闲坐小窗读周易，不知春去几多时。

注释：

① 每：作"虽然"解。

② 此诗在流传过程中失落了题目，人们在辑录时给它安上"阙题"二字。

闲花落地听无声

春风倚棹阖闾城①，水国春寒阴复晴。

细雨湿衣看不见，闲花落地听无声。

日斜江上孤帆影，草绿湖南万里情。

东道若逢相识问，青袍②今已误儒生。

——唐·刘长卿《别严士元》

江南。水乡。

春风。草岸。

水面上点点白帆。那可不是逗留江面未归的云朵，那是千年江河游动的翅膀。就让这乍暖还寒的晨风，把我也吹成岸上的一片青帆吧，那样，我的方向将由风来决定，省却了心的彷徨。

忽然，仿佛来自千丈水底，仿佛来自遥远的前世，我听到了一个声音，在呼喊我的名字。这人世间同类的呼唤，如同一片柔软的羽毛，拂过我的心尖。我的心倏地一阵温暖的震颤。

恍惚中，一艘帆船像鱼儿一样朝我游来，已停靠在我面前。啊，是老朋友，严士元！老朋友兴奋地跳下船，我一把将他拉住。在这古老的苏州城，我与朋友不期而遇！船上的舟子见此情景，索性把船桨支起来，笑眯眯地对那湿漉漉的船桨说："朋友，咱们也休息休息，晒晒太阳。"

这水乡泽国的初春，天气一日三变，阴晴不定。此刻，天公作美，由阴转晴。暖阳驱散了适才的料峭春寒。我与老朋友在岸边携手畅谈。

时近中午，朋友招呼童子将酒壶提上岸。我们在树下席地而坐，柔嫩的青草恰似茸茸地毯。把酒临江，江声劝酒心先醉；开怀叙旧，旧事萦怀人已老。

几片落花悠然飘落在酒杯里，是调皮的燕子衔来的吗？抬眼看，绚烂的花瓣撒了一地。友人的衣袍和肩头上，也沾满了落瓣。哦，空中已是细雨霏霏，这无形有情的江南雨啊，不知从什么时候起，悄然润湿了我们的心事和衣襟。

太阳偏西，舟子催行。我送友人上了船，只见江上千帆已过，唯有友人的船只耐心地等候在江边，形影孤单。

朋友要去的地方是天下洞庭湖之南。啊，朋友，到了那偏远的湖南，也不必伤感，你若看见那漫天遍地的萋萋芳草，就知道我对你的情谊和思念，正如那芳草一样万里绵延。

让我赋诗一首为你送别：

> 荆吴相接水为乡，君去春江正渺茫。
>
> 日暮征帆何处泊，天涯一望断人肠。

朋友拱了拱手，说，人不见时情还在，笔经搁后已无诗。仓促之中未能作诗相和。但，你有什么话让我捎给远方的朋友吗？

此去东行的道路上，若碰到相识的问起我，就说我平生壮志被这一身青袍所误，它罩住了书生的满腹经纶。

注释：

① 阖闾城：苏州城。

② 青袍：非指布衣。唐代官员三品以上着红、绯官袍，八、九品官员着青袍。刘长卿当时应该是八、九品官员，穿的是青色袍服。他认为这是仕途失意了。

古路寒山独见君

荒村带返照，落叶乱纷纷。

古路无行客，寒山独见君。

野桥经雨断，涧水向田分。

不为怜同病，何人到白云！

——唐·刘长卿《碧涧别墅喜皇甫侍御相访》

门外又一阵窸窸窣窣。树上的小鸟一哄而散。这回定然是老朋友皇甫侍御来到屋前。他的布履踩着落叶，踏出一串沙沙的喜悦。我急忙出门迎接。却只见一片片调皮的落叶，在地上翻着筋斗，相互追逐，似乎对我扮着鬼脸。唉，这一整天，仲秋的风总是怂恿那些不安分的叶子，离开树枝，纷纷扬扬，撒落一地，有意扰乱我的心思。此刻，太阳已把热恋的目光转向山的那边，这个远离人事的僻静山村，如同一个失宠的美人，扯着夕阳的余晖，给自己那张不甘心褪却桃色的脸颊，抹上最后一层淡红的脂粉。

无心观赏这山村晚景。我的心，有点急。老朋友怎么还不到呢？莫非是雨后路滑，泥泞难行？抑或是这古路多日无人行走，杂草丛生，路旁的荆棘不时地扯住他的衣襟？我沿着山路向前走去，这条似乎伸向远古的荒径上，看不见一个行人。山路仿佛一根蟒蛇，钻进树林，又从树林中钻出。终于，有一个人影走进我的视线，只见他踽踽独行，正向我这边攀登。蓦地，一股暖流传遍周身，激动润湿了我的眼睛。是的，果真是的，那熟悉的身姿，熟悉的布伞，熟悉的面容！在这寂静的黄昏，在这苍茫的山色中，久违的两双手紧紧地握住！

与友人携手漫步。我指点给他看门前那座年久失修的木桥，近日已被大雨冲断。我们绕过断桥，走别墅旁侧的小路，欣赏着这秋雨之后山间的景物。连日大雨，翠峦如洗，高田水白，涧水成瀑。只见往日那条秀如村姑的山涧，如今变成了撒欢的野马，分成好几股向田野奔去。正是：

清溪流过碧山头，空水澄鲜一色秋。

隔断红尘三十里，白云红叶两悠悠。

友人说，住在这山林好啊，云动心不动，万物静观皆自得，四时佳兴与人同。我说，呵呵，终日与鸟雀为伴罢了。关山难越，谁念失意之人。若不是你我同病相怜，若不是皇甫兄情深义重，谁又会不辞辛苦，远路跋涉到这白云之中！

芳草有情碍马蹄

一年两度锦江游，前值东风后值秋。

芳草有情皆碍马，好云无处不遮楼。

山牵别恨和心断，水带离声入梦流。

今日因君试回首，淡烟乔木隔绵州。

——唐·罗隐《绵谷回寄蔡氏昆仲》

杂花飞尽柳阴阴，官路逶迤绿草深。

对酒已成千里客，望山空寄两乡心。

啊，朋友，别梦依稀客路遥。你寄给我的诗和心，我已收到；你寄给我的云和情，我也收到；你寄给我的青山和绿草，我随处都能收到。我的心中有一条思念的蚕，在你身边时，它已开始吐丝，随着我的离别，丝儿越伸越长，牵延不断。回想我一年两度游学锦江，一次是春风送暖，一次是秋叶如花。只身万里入蜀，故乡远隔天涯。正是你们兄弟，给了我亲人般的关怀和情谊。此地别君，我奉雪山为赠品；他时念我，君收云海作诗情。

啊，朋友，还记得吗，我们依依惜别的情景？一望无际的春光里，我们骑着健马，并辔而行。马蹄踏着青草，发出沙沙的响声。它敲醒的不只是野花、露珠和鸟鸣，还有时光深处的记忆。为什么马儿慢悠悠？莫非它驮着太多的离愁？为什么马蹄迈不开？原来是脚下那缠绵的芳草绊着它，不让它跑得太快。那连绵不尽的芳草啊，迎送过多少聚合离散，聆听过多少痴心呢喃，见证过多少红尘伤感？我们且走且谈且回望，只见你送我走过的这一段往事一般幽远的路上，小草挽留不住前行的马蹄，已在清风的抚慰下，欣然将蹄印收藏。

锦江人好草多情，白云也知我的心。记得我客居锦江的这些日子里，处处都见白云飘拂，总把高楼遮住。总以为白云也在异乡漂泊，也有满腔愁思要向楼前的燕子诉说。多少次我想登楼远眺，对接那来自故乡的目光，却发现朵朵白云缭绕楼旁，欲去还来，欲去还来，随风舞霓裳。有一天，我恍然大悟，原来白云不让我学王粲登楼，怕触发我日积月累的乡愁。

朋友，我的行程已到绵谷。群峰矗立马前，与我相对无语。夕阳用余晖在山尖上写着断肠的诗句。人困乏，马踟蹰。暮色悄悄地将小路掖在青山的衣襟下，藏了起来。我只好带着我的马在野店投宿。

半夜时分，不知跋涉了多久多远的溪水，一路潺潺淙淙，弹奏着忧伤的离别之曲，流入我的梦中。

清晨，我又要启程。登鞍上马的那一瞬，多想再看你一眼呀，朋友！情不自禁怅然回首。只见身后是乔木参天，密密麻麻。远处，青山隐隐，层层叠叠。霭霭烟岚，隔断了绵州！

立马千山外，心共云徘徊。锦江今已远，何日得重来？

归棹残钟广陵树

凄凄去亲爱，泛泛入烟雾。

归棹洛阳人，残钟广陵树。

今朝此为别，何处还相遇？

世事波上舟，沿洄安得住！

——唐·韦应物《初发扬子寄元大校书》

桃花潭水深千尺，明月扬州第一楼！

啊，远别了，朋友。

我的心，一半儿归意似箭，一半儿情意缠绵。一半滚热的，深情的，留在了你身边；一半儿凄伤的，落寞的，我带走。

江草萋萋，江雾迷离。朋友，请回吧，不必把自己站成一棵望江树。我的船已哗哗、哗哗地掉进烟雾深处，你已看不见我了。但我依然看得见你，你还在江边怅然伫立。你挥着的手，停在空中已经很久很久了，看，雾水沾湿了你的衣袖。

朋友，请回吧。天寒了，水深了，人远了。扬州的明月可以催开友谊之花，却不能使我这个洛阳人生根。船桨咿呀，咿呀，一声声苦苦劝诱着船儿，要把我载回洛阳。好事的流水趁机推波助澜，船儿身不由己，随波荡漾。你看它一步一回头，向前，拐弯，心碎地摇晃。

忽然，一阵熟稔的钟声，穿越云雾，急急赶来，缭绕在江面，为我送行。它，也舍不得我吗？猛回头，我又看见你了，朋友。你已化作广陵山上万千绿树，棵棵都在雾岚中低诉离愁。

朋友，请回吧。不要担心我的思念不如你的深。

　　　　烟波极目已沾襟，路出东塘水更深。

　　　　看取海头秋草色，一如江上别离心。

也许你正和我一样，还在痴痴地想着：今日扬子一别，此生何时何地再相见？

唉，以后的事不是你我自己能预料的，还是任其自然吧。世上的事都像这水波之上的小舟，要么被流水带走，要么在旋涡中打转，哪能由得它自己想安定下来呢？

别离，其实是另一种相聚，在心灵深处。因此，人世间的聚散本无须伤悲。只是从今以往，与君别后秋风夜，作得新诗说向谁？

秋风落叶满长安

闽国^①扬帆去，蟾蜍亏复圆。

秋风吹渭水，落叶满长安。

此地聚会夕，当时雷雨寒。

兰桡殊^②未返，消息海云端。

——唐·贾岛《忆江上吴处士》

今夜，又是一次月圆。

朋友，你可知道，此刻，我正在渭水河边？

自从你那次扬帆远去闽州，到现在已经历了多少次月缺月圆？

有道是：明月无古今，一片清光浮水国；江流自来去，十分潋滟荡我心。

如今，长安已是秋风瑟瑟，落叶满街。

朋友，你在远方是否安好？是否有人提醒你，秋已来到？

你看，长安城外，神情凄清的秋风仙子，吹奏着渭水这支蜿蜒而古老的长箫，水面上漾起了缥缈迷蒙的秋之韵。在这你我曾经挥手告别的地方，我的耳边再次回荡着你的话音。

一夜秋风起，千山黄叶深。落叶满城，片片传送的是秋的信息，却没捎来你的音信。

朋友，你可记得，当时我们在长安聚首会谈的情节？

在那个令人回味的日子里，我们促膝谈心，我们同榻而卧，我们彻夜未眠。窗外的夏虫也为我们鸣唱，天上的星星也被我们感动，一边谛听，一边眨眼。忽然，一阵电闪雷鸣，震耳炫目，外面下起了暴雨。这突如其来的雷雨啊，涤净了闷热的暑气，带来了一阵寒意，也带来了一阵惬意。

如今，落叶满街。片片传送的是秋的信息，而不见你的音信。

今夜，又是一次月圆。

我独自徘徊，徘徊在渭水河边。

月华如水，水如月色。

山月不随江水去，天风时送海涛来。

我渴望，在这波光粼粼的水面上，一只兰舟神话般地出现。这次，它不是将你带走，而是将你送来。但是，这么一只兰舟一直没有出现。关于你的消息，我只能从水天相接处的海云之上去揣度了。

> 清江月色伴林秋，波上荧荧望一舟。
>
> 鄂渚轻帆须早发，江边明月为君留。

啊，朋友！

注释：

① 闽国：今福建省福州。

② 殊：这里作"犹"字解。

（发表于《文学欣赏》2022 年第 2 期）

欢情如旧鬓已斑

> 江汉曾为客，相逢每醉还。
>
> 浮云一别后，流水十年间。
>
> 欢笑情如旧，萧疏鬓已斑。
>
> 何因不归去，淮上有秋山。
>
> ——唐·韦应物《淮上喜会梁州故人》

时间：千年前深秋暮。

地点：淮水边一客店。

人物：诗人、朋友。

诗人：啊，朋友，真的是你吗？是什么风把你送到我面前，莫非是我的思念感动了神仙？你是否记得，我俩曾经一同客居汉江，常常相聚，狂歌痛饮，互诉衷肠，只觉酒逢知己千杯少，每次都要大醉而还。

朋友：是啊，想当年，倾壶待客花开后，出竹吟诗月上初。年轻时这种赏心乐事，如今已随汉水东去。作客他乡，身如浮云，漂泊不定。自从那次与你分别，不料一晃竟是十年。可叹年华似水易蹉跎！

诗人：是啊，人生苦短，百年倏忽而过，幸喜今日重逢，我心依旧，欢情如昨。朋友，人间岁月闲难得，天下知交老更亲哪！

朋友：今日重逢，欢情如旧，但你我容颜已改，青春不再。岁月无情，却冲淡不了世间真情。十年前，江边的黄昏，与你挥手道别，心中是无限依恋，孤身跨上马背，一路暗自沉吟：

水边秋草暮萋萋，欲驻残阳恨马蹄。

曾是管弦同醉伴，一声歌尽各东西。

诗人：唉，十年了，我与你一样辗转奔波，历尽艰辛，苦苦追寻。只落得苍颜鹤骨，须发萧疏。对看已成双白鬓，独思踏破几青鞋。舍南舍北皆春水，他乡他席触客怀。恨只恨，一事无成。

朋友：朋友，别伤感了，年岁逐增，实事渐消虚事在，长年方悟少年非。我此次经过淮水，实是预备回归故里，也好叶落归根。敢问朋友，是否也有还乡的念头？

诗人：啊，若要问我为什么不打算回老家，朋友，你看，这淮上的秋山多么迷人，好山当户，三秋红叶满；古树生幽，四季松风香。天似穹庐永遮身，且把他乡作故乡。

浮天沧海法舟轻

上国随缘住，来途若梦行。

浮天沧海远，去世法舟轻。

水月通禅寂，鱼龙听梵声。

唯怜一灯影，万里眼中明。

——唐·钱起《送僧归日本》

君从来处来，还向去处去。

你胸前的每一粒念珠，都是一种缘的凝聚。缘，是人世间万能的通行证，是你我今生前世共通的语言。血缘情缘，人缘地缘，善缘佛缘，风水之缘，缘缘不断，互相交缠。啊，法师，不知当年你是捏着哪一枚"缘"字，来到我大唐中国，随缘而住，随遇而安。为了与你今生相会，我在前世就做好了准备。

法师，想你来时，远渡重洋，逐浪而行，随风飘荡。天空像一片荷叶静浮在浩渺的烟波之上，万顷浪涛，一叶扁舟，沧海作床舟为枕，浮云似帐月如钩，你和小舟日夜都像在梦中漂游。那种惊险，无人能禁受。而今，你又乘舟归去，你的兰舟已精通佛法，它脱离尘埃，荡漾在一望无垠的碧波上，像梦一样轻巧自在。

　　法师此去，意静不随流水转，心闲还笑白云飞。水中明月接受你的超度，悟通禅理，静影沉璧。水下鱼龙也被你感化，随舟潜行，偷听你的诵经之声。而我最爱你法舟上那一盏明灯，它驱散尘世万里雾霾，照亮世人的眼睛。

　　离别之际，让我编一串文字的念珠送给法师：

　　　　扶桑已在渺茫中，家在扶桑东更东。

　　　　此去谁与师共到，一船明月一帆风。

　　君若不来，怎有别离？君既已来，必有别离。方知人生极处，尽是别离。

涧底归来煮白石

今朝郡斋冷，忽念山中客。

涧底束荆薪，归来煮白石。

欲持一瓢酒，远慰风雨夕。

落叶满空山，何处寻行迹。

——唐·韦应物《寄全椒山中道士》

终于有了一时半刻的清静。今天早晨，独自一人，静坐在这州郡的衙署里，冷冷清清。无人语之聒耳，无案牍之劳形。在这难得的孤寂中，俗念从头减去，心境逐渐光明。有道是虚室生白，空瓶有音。忽然，我看见了一个人：那正是全椒县山中的老道士。

道士衣袂翩翩，飘然云间。我也驾一朵祥云紧随而去。道士转眼又不见。晴空万里，阳光灿灿，彩云朵朵似金莲。一座山峰高耸入云，山上古木森森，林中猿鸟喧腾。长生不老的猴子带着它的子孙，做着那永不厌倦的游戏：它们不断地扯下云朵往山谷里扔，雪白的云朵一落地就变成涧水，哗哗啦啦，争先恐后，奔向山下。我正暗自沉吟：奇峰插碧空，山静日长可于此中得真趣；白云化青涧，天心水面更从何处问本源。

这时，空中传来一阵歌声："家住闽山东复东，其中岁岁有花红。

如今不在花红处，花在旧时红处红。"循声望去，原来老道士在涧水边。涧水顺着山花指引的方向，欢跃而下，在山腰上一个平缓的地方，它想逗留一会儿，照一照天光云影及路过的飞鸟，于是汇成一汪绿潭。涧入潭中，水花片片，如梅似雪，无始无终地绽放、飘落。道士悠闲地坐在潭边，洗脸，濯足，引吭高歌。他的身旁放着一堆拾捡拢来的干柴。他用手捧起清澈的潭水啜饮。然后解下腰带束好柴枝，顺手从岩石边折下一枝黄叶红果的灌木，插在柴枝中。他背起柴枝在那无路的山林中行走。一只鸟站在柴枝上啄那灌木上的红果。

老道士将要去往何处？日落时又在哪个山洞歇宿？我想问："在这无路的山中，你会迷路吗？"道士一定会说："我不在路途中。"我想问："回到家中又怎样？"道士一定会说："正在迷着路。"道士拾捡柴枝就是拿回去用它来煮白石为粮吗？还是用来熬煮山泉、蜂蜜、白石英等拌

成的仙药？那些东西真能使人长生吗？

忽然，风之神将长袖一甩，遮住了阳光，白云顿时变乌云。乌云被风拧成雨滴。我随着雨滴降落尘埃。一眄醒来，仿佛黄昏。秋雨洒窗，寒气袭人。我不禁替山中道士担心：这样的天气，山中不冷吗？真想携一酒壶，追随道士而去。在这风雨凄厉的秋暮，给他安慰；与他做伴，同饮共醉。

可是，我身陷红尘，足下无云。道士又居无定所，如落叶浮萍，逢山住山，见水止水；况复山高林密，落叶满地，道士踪迹，何处寻觅？

恍惚中，似乎又听见道士的歌偈：

家在闽山西复西，其中处处有莺啼。

而今再到莺啼处，不在旧时啼处啼。

（发表于《神州文学》2022 年第 11 期）

过雨看松到水源

一路经行处，莓苔见屐痕。

白云依静渚，芳草闭闲门。

过雨①看松色，随山到水源。

溪花与禅意，相对亦忘言。

——唐·刘长卿《寻南溪常道士》

　　顺着绿意和鸟鸣，信步攀登。一条蛰伏千年的石径，以修道的方式虔诚而淡定地通往深林。石径上，青苔斑驳，一些野鹿的蹄印和木屐的印痕，在青苔上随意组合。这些参差重叠的脚印组成的八卦图，是凡夫猜不透的隐喻。我是来寻找这些脚印的吗？不，心不能这么含蓄。听说这南溪山上有个常道士，姑且去找寻找寻吧。

　　跟随脚印迤逦而上，高山平敞处豁然开朗。一群白鹅优雅地浮在湖中小洲旁。那牧鹅的仙子哪儿去了？看，寂静的小洲上有两只灵鹿，正对着白鹅呦呦细语。山风吹拂，天上的白云在飘移，怎么水中的白鹅也跟着游动？哦，原来是白云临水照影舞春风。不远处，一股泉水不动声色地流入湖中。正所谓：静泉山上山泉静，清水湖中湖水清。

　　湖边古松的背后，寺院将木门的眼睛闲闲地闭着，不知它在参禅，还是闭目养神。阶前的萋萋芳草，恰似门扉的睫毛，翠绿、秀长而繁茂，生动地遮护着这双微合的眼睛。突然，一阵不请自来的春雨飒然而至。我快步走到寺院门前，门是虚掩的。推门而入，桌上有一茶壶，壶盖上有一圈字，细看便是：树碧连天雨滋春。

　　一会儿，春雨表演的节目接近尾声，放眼望去，青山如沐，果然是：雨滋春树碧连天。走出寺门来到古松下，满树的松针湿漉漉的，一颗水珠从松针尖上跳下，一跃而成为天地间最小最小的瀑布。它，也是一条流水的源头吗？

　　大雨过后，先前安静的山泉激动起来，一路奔腾，哗啦啦地向大山宣告它的开心。踩着落叶和泉声，我继续上行。拨开密林，爬上另一座峰头，峰顶上巨石如鹏，从石缝里渗出涓涓清流，这就是江河的源头吗？

一个道士盘腿坐在巨石上，他就是常道士吗？我真的是来寻找道士的吗？道士望了我一眼，默无一言。

我转身沿原路返回。只见高天之下，青山之上，奇松危石天然净，涧草溪花自在芳。我顿时了悟：我是来寻找自己的。依旧经过寺院，发现门未掩，无意中又瞥见茶壶盖上那圈字：连天雨滋春树碧。走过几步，回头再望，居然是：天雨滋春树碧连。其实，人生就如一首回文诗，以不同的字起头，念出来的意境定然不同。不觉心中一动，随手折下一根松枝，在树下的青苔上，写下几行字：

不爱人间紫与绯②，却思松下着山衣③。

春郊雨后多新草，一路青青踏雨归。

注释：

① 过雨：雨过之后。

② 紫与绯：指官袍。

③ 山衣：隐居之服。

千峰顶上访孤僧

残阳西入崦，茅屋访孤僧。

落叶人何在，寒云路几层。

独敲初夜磬，闲倚一枝藤。

世界微尘里，吾宁爱与憎。

——唐·李商隐《北青萝》

　　太阳在天空跋涉了一天，似乎有点疲倦，准备落下西山去。我从凌晨跟随太阳一同出发，在层峦叠嶂中攀行。我却不知疲倦，只因难以抑制急迫的心情。

　　曾经，我的心焦灼愁苦，日夜不得安宁。不知何处可得良方，医治受伤的心灵。人说，在那万仞崖壁之上，挂满青萝的地方，有一座茅屋，茅屋里有位高僧。他终年与白云共居，见到他，便可解除心中的病根。我用哀怨的眼神挽留夕阳，恳求它再陪我走一程路，让我在天黑之前找到那座茅屋。

　　最后一丝阳光挂在天边，用了极大的耐心将我陪伴，仿佛弥留之际的老人，苦苦撑着，不愿离去，眼里贮满对人间的眷恋。我如一只觅路的老猿，攀爬在密林间。林中只见落叶层层，不见半个人影。

　　来到高崖之上，回头眺望，脚下寒云翻滚，来路似细绳。树林中，悬崖上，这细绳蜿蜒穿梭，时隐时现，一折又一折。路边有个石洞，洞前有一石凳，我暂将沉重的身子放在石凳上歇一歇。想：这洞口开自哪年，吞不尽山谷云烟？那崖腹藏些何物，怕莫是人间痛苦？

突然，一阵木鱼之声，穿越树林。我连忙起身，循声而上，啊，看见了！千峰顶上一座茅屋，茅屋前闲立一位老僧。老僧悠然地拄着一根千年藤，反照的霞光为他塑了金身。原来是他，在这薄暮时分，独自敲响了钟磬！

我疾步上前，躬身作揖，老僧笑而不语。良久，我问道：高僧笑到几时方合口？想来无事不开怀？高僧仍不言语，转身向屋内走去，我也跟去。只见屋里屋外全是落叶，好像铺了层厚厚的被褥。就连墙上也贴满了树叶。定睛一看，墙上的树叶形状各异，竟然拼成了四行文字：

千峰顶上一间屋，老僧半间云半间。

夜半云随风雨去，到头不似老僧闲。

入夜，我想帮老僧扫除屋内的落叶，关门睡觉。高僧终于开口了：净地何须扫？空门不用关。说罢便和衣躺在落叶上，一会儿就呼呼大睡。我只好跟着和衣躺在落叶上，合闭双眼，却难以入眠。寂静中，只觉万声聒耳。睁开双眼，但见月如高灯，朗照大地。霎时间，万籁俱寂，千峰顶上，一片光明。突然觉得自己幻化成一片落叶，混同于身下的这一堆落叶中不可区分。顿悟在茫茫宇宙中，万山千峰，也只是一粒微尘而已。那么，我这微尘中的微尘，又何必执着于爱与憎！

来时觉幽奥，到此豁心胸。原来是：松声语声钟磬声，无声不妄；山色月色霞光色，有色皆空。

第三辑

最是书香能致远

最是书香能致远

"世上唯有读书好，天下无如吃饭难。"

这副古联将"读书"和"吃饭"并列而谈，看似俗常之语，却是极富哲思。细想一下，人生之要事无非读书和吃饭。吃饭，代表谋生，是基本的生存需要，但这对任何人来说都非易事。而读书，则是人的精神追求和文化活动。舍此之外，一切寻求舒适安逸的奢靡消费和感官享乐，于人无益。

人的精神追求决定一个人的生活品位和人格力量的强弱。儿时，父亲常常在我们面前无限敬仰地提到一个词：书香人家。年幼的我，从父亲那激动而神往的表情中，悟出这个词所描绘的一定是一种高贵的身份。稍长，每当父亲谈到"书香人家"，我就隐隐有种预感：我们家今后一定会成为书香人家。就凭父亲那颗心！我总觉得有一种神秘力量把我们朝那个方向推。父亲在那个年代属于社会底层，幼年失怙，少年时代并没有读多少书。成年后参军，退伍后在煤矿工作，在部队和厂矿里他有机会接触书本，业余时间读了许多书，每每以此自豪，底气十足地把自己纳入读书人行列。这也激起我们对读书的向往。他喜欢在言谈中引用名言警句教育我们，如："书到用时方恨少，事非经过不知难。""人贵有志，学贵有恒。""有志者，立长志；无志者，常立志。"闲暇吟诗撰对，看书下棋，写毛笔字。对他来说，至乐莫如读书，至要莫如教子。

现在，年逾古稀的老父生活简单而有规律，每天清晨起床后，必读一阵书，然后出去散步。我们姐弟三人，自幼好学，都是通过读书找到工作。用俗话说，就是有碗饭吃了。我们在吃饭之外，依然以读书为乐。我和妹妹都是教师，与书打交道似乎是分内之事，旁人看不出有什么特别。而弟弟从当年的省属中专林校毕业，在林业公安工作。他参加工作后，除了自学专业达到本科学历之外，还一直喜欢阅读，于文、史、哲、科（学）无不涉猎。尤爱文学，古今中外的名著读过不少，经常与我讨论，交谈读书心得，探讨人生的意义，颇有儒雅之风。他对人生和社会有深刻的认识，他的学问和睿智，以及他的人文素养，不逊于正规大学生。

更令人欣慰的是，我们姐弟三家的孩子都乐于读书，长于记忆，善于思考，敏于观察。我自己的儿子已上大学，个性独立。我妹妹的儿子兴趣广泛，到十岁时已在绘画、奥数、作文等方面多次荣获省级以上奖项。他在小学时课外凭兴趣写的诗和小说，老师以为是书上抄来的。我的侄儿正像我弟，从小见字就认，见书就读，乐学好问。入校上学前就读完好几本《十万个为什么》，读二年级时就已开始独立阅读厚本的《儿童文学》。有一次，他到我家做客，没带自己的书来，清早起床，就站在凳子上读墙上的地图。家有儿孙如此，谁不觉得大器可成，门庭兴旺？两位侄子一名抱朴，一名若玙，我就此作了一副对联：王门稚子璠玙器，书香人家质朴根。我并不知道所谓"书香人家"的标准，但我想趁父亲有生之年满足他平生所愿，于是迫不及待地自诩为"书香人家"了。

父亲曾慨叹：不如意事古来多，真读书人天下少。我就想：什么样的人可算"真读书人"？从弟弟身上我看到了，像他这样就是。自觉从好书中汲取智慧，用经典涵养性情，优雅地生活着。用尼采的话来说，读书是为了学会想。用中国古人的话来说，读书明理，读书三年知礼义。我认为，这"理"和"礼"，大而言之就是指人类社会的生存法则、生活规律，个人与他人与社会的关系等，人生活在社会上，只有处理好这些问题才能得到真正的自由。真读书人通过读书摆脱物质羁绊，从而达到心灵和人格上的自由。在生活中，我们还看到另一种人：他们为了找工作会废寝忘食地攻读，一旦有了"饭碗"后，就再也不喜欢读书了，要么安于温饱，要么堕于利欲，要么陷于琐碎。他们并无读书之雅趣，只把读书作为谋生的工具和手段，是职业化的和功利性的。

作为中小学教师，我深知中国的千家万户都希望子女热爱学习，许多父母费尽心思勒逼孩子却无法使孩子进入学习的境界。而在我们家，读书，是出自自然。我一直在思考，在观察，在探索。我常常想：现代人读书的目的是什么？什么是教育？我们的教育应该培养怎样的人？怎样使孩子真正爱上读书，并成为"真读书人"？几十年来，我一直把读、教、研、著当作生活的全部内容和一生的追求，乐此不疲。光阴似箭，一不留神，步入不惑之年，想趁精力尚旺，回顾自己自幼至今的读书历程，或可为子侄辈提供谈资。遂作此文。

一、立命何须神仙助，读书幸有祖辈传

我的童年时代，大部分时光是在外公家度过的。说到读书，不光父亲对我产生过积极影响，外公和母亲首先在我幼小的心灵中播下读书的种子。他们尊崇读书和读书之人。外公从不"教育"我，他只是讲故事，许多读书佳话从他的胡子下像泉水般汩汩流出。日常生活中，他会兴味盎然地即景念出许多民间趣联，诸如"稻草扎秧父抱子，竹篮提笋母怀儿"之类。油灯下，炉火边，他津津有味地讲着从前秀才的故事。还说他自己的外公在清朝是中过举的，家有私塾，他小时候读书很上进，志愿读"大书"（读书级别高）。后来改朝换代，实行新学，家人以为不兴考状元了，再读书没有用，就没有送他上"新学"。他最惋惜收藏的几箱子书，在"走日本"时被毁了。还把他读过的书背给我听："学而时习之。""君子爱财，取之有道。""云腾致雨，露结为霜。""有事莫推明早，今日就想就行。"又说我的八字中带有两座文昌，将来读书一定会考头名，中状元，是读"大书"的。外公说这话时，我分明看见（就是现在也还清楚地看见），他眯缝着的眼里充满期待和信心。我七岁开蒙，上学前，外公教我写名字。他托人向村里的老师要来几支粉笔，我用粉笔在地上

一横一竖地画着，外公看了连连说："写得好，看这姿势就是读书的料。"9月1日开学那天，母亲郑重其事地杀了鸡敬了孔夫子，然后带我去报名。终于读书了，只觉老师教的每一句每一字我都感兴趣，都能懂，都记得，得了许多夸奖。等到父亲拿古圣贤的话来教导我，说什么"座对琴书百虑清""书山有路勤为径"时，我在心中早已认定了读书是人生最美好的事了。

真正读书的甜头，我还是从课外书中尝到的。二十世纪六七十年代，没有电视，能识字的人还真得把读书作为消遣。我对于书的兴趣也得益于这个时代氛围。那时候流行一种小人书连环画，我们叫它图书，只有手掌大小，却是图文并美；虽是黑白图画，却很传神。我刚能识字读的第一本图书，是妈妈在油灯下带着我读的，是一本从邻居家借来的《鸡毛信》，只十多分钟就读完还给人家了，我还觉得意犹未尽。从此就爱上这类书。那时候村里的儿童互相传阅这种图书。我在小学阶段，几乎天天都有这种书看，一天不看书心里就好像丢了什么似的。大部分书是借阅的，只有少数是自己省下零花钱买的，用来与人交换。爸爸特为我买过一本图书是《女驸马》。拥有一本书可以与很多人交换，换很多本书看。我们家有收藏书的习惯，弟弟说，从两位姐姐到他手上大约集有五六十本这样的连环画。可惜后来他也读"大书"了，离开老家，这些小人书就散失了。

这种连环画具有故事性和形象性，颇能吸引儿童。大多是节选文学名著独立成"本"，或形成系列，内容丰富，各类俱备。如神话、历史、小说类有"四大名著"系列，"东周列国志""聊斋志异"系列，"说岳""说唐"系列，等等，戏曲电影类有《刘海砍樵》《天仙配》《海瑞罢官》《包青天》《西厢记》《桃花扇》等，还有长征、抗日、游击队、地下党等战斗故事，以及外国名著《威尼斯商人》《茶花女》等，应有尽有。图书中文字大都来自原文，具有艺术性。我清楚地记得《尤三姐》一书中，画到尤三姐自刎那个情节时，图下的文字有一句诗："揉碎桃花红满地，玉山倾倒再难扶。"文字优美，给人以想象，读到此处，回肠荡气，久久不忘。那些连环画绝不同于现代的"快餐文化"，它传播的是经典，有真正的营养在里面。它给予我们最初的文化艺术熏陶，增长了我们的人文知识，培养了我们读书的兴趣。

在我即将小学毕业的那段时间，家中发生了不幸，爸妈闹离婚！我突然有种大厦将倾无家可归的感觉，心里很空，我在晒谷坪里一圈一圈地绕着，不停地想：我能做什么呢？这时，我想到了读书。我想只要我能读书，我就一定能过下去。这个信念，使我的心像在洪水中抱住了一棵大树一样踏实了下来。小学毕业后的那年暑假，我一个人在家。大约图书都看得尽兴了，妈妈用来盖石灰坛子的一本残破的生物书也被我看完了。没有别的书看，我就把一本《新华字典》和一本成语词典从头读到尾。在痛苦的童年，是书给了我力量，给了我希望。

到了初中，我就开始读"大人书"了。那段时间，爸爸每次从厂里回家都要带一两本书，然后就落在家里"忘记"带回去了，我就一本一本地捡着读。什么古代白话小说、古今全像小说、《儒林外史》《封神演义》等都有。的确是大人读的书，繁体字，文言文，书向右翻，有的还很破旧了。因为那时候书很难得到，我是见书就看，不懂就猜，好比冬天里的牛，见到干草也吃得开心。这个时期，有三本书对我影响最大。一是爸爸带回的清代弹词《再生缘》，全书用韵文写成，辞藻华丽，娓娓动听。书中的主人公是有胆有识、才华横溢的女子，使我心仪。二是同学王秀珍送给我的《唐诗故事》，以及我缠着王建蓉要她卖给我的《少儿古诗读本》，给了我至纯至美的艺术享受。我那时如饥似渴地读着这三本书，如饮甘泉，如对明月。真可谓"好书悟后三更月，良友来时四座春"。

我经常手不释卷，许多大人都说我读书刻苦。其实，读书对我来说根本不是苦，而是乐，我甘之如饴，一天也不可缺少。童年时期阅读这类文学作品，使我受益匪浅，不仅培养了语感，积累了语言，还发展了思维，同时使我对人世间的真善美有了感性的认识。似乎并没有专为考试而读书，但我在几次重大考试中没有发挥不好的，只有超常发挥的，仿佛真有神仙相助似的。

二、立志原不在温饱，读书岂必为功名

一九八四年我十五岁，初中毕业，以全县第二名（女生第一名）的成绩考入湖南第一师范学校，被编入 289 班。考中专，是老师推荐的，报考师范，是我自己做主的。我从小就向往当老师，觉得当老师是与知识学问打交道，可以增长和体现一个人的聪明才智。而考上湖南一师，是我终身引以为荣的事，也决定了我一生的追求。

在湖南一师，我们受到了良好的教育。一师的光荣传统，老一辈无产阶级革命家以天下为己任的情怀，激励着我们；一师的老师诲人不倦的精神，哺育着我们；一师的学子昂扬奋进的心态，感染着我们。当时，每一个考上一师的同学都是自己家乡的佼佼者，每个人都雄心勃勃，自我期许很高，谁也不甘默默无闻。一师那如诗如画的校园环境和浓厚的艺术氛围及学术气氛，对我这种兴趣和性情的人来说，真是如鱼得水。少年时代，人生最美好最关键的黄金阶段，我是在最美丽最神圣的湖南一师度过的，我常常因此为自己感到庆幸。

在一师的四年，每一天都是金子般的日子。我像干渴的幼苗贪婪地吮吸着知识的雨露。我们有大量自由时间，图书馆就是我们的第二个学校。这四年我阅读了大量文学类书籍，主要侧重诗歌散文和诗词鉴赏。五四时期的一大批作家最能吸引我，冰心、徐志摩、戴望舒、郭沫若等作家的作品我读得最多。冰心的诗歌散文、唐诗宋词和元曲及泰戈尔的所有作品，简直令我如痴如醉，每天最美好的时光——清晨和黄昏，我都是徜徉在教室前的花坛边或校园里的林荫道上，读着心爱的诗。文学已成了我心灵的营养液。记得那时常有一个老园丁在教室前精心侍弄花木，他用木枝做成各种造型牵引茑萝爬上去。夏天，茑萝开着鲜红的五星花，金色的晨光中，我必是拿着一本书来到花架前，对着星火般的红花大声诵读。有时摘一两朵小花夹在书里，有时静静遐想：《诗经》中所谓"静女其娈，贻我彤管"或许就是这一类的花草呢？啊，用诗歌滋润的青春年华，恰如这五星花般灿烂。正是：无尽波涛归学海，长春花木在词林。

在这期间，除了从图书馆借书看之外，我还自己攒下钱来陆续购买了喜欢的书，有《诗经》《楚辞》《稼轩词选》《李清照词鉴赏》，还有泰戈尔的《飞鸟集》《新月集》《爱者之贻》，以及《六十年散文诗选》《古代游记名篇评注》等。毕业前，我还特意到书店买了一批书预备带回家日后读，像《红楼梦》、但丁的《神曲》、《普希金抒情诗》《歌德诗选》《钢铁是怎样炼成的》等，教育类书籍买了三本——《伟大的心灵》《给教师的建议》《怎样培养真正的人》，一共有几十本。可是有一本书是我急于想读的，走了几家书店都没买到，那就是泰戈尔的《吉檀迦利》。

读得多了，自然就会产生写的冲动和欲望。那时一师的各种课外兴趣活动开展得如火如荼，风生水起。同学们课后结社组团，文学、音乐、绘画、舞蹈、体育等小组都有。我参加了四年级同学组织的"风帆诗社"。周末，小组成员带着录音机和朗诵磁带，到郊外的竹林里欣赏诗朗诵，并举行野餐。我每天坚持写几句话，记录自己的思考、感受和想象，大多是模仿冰心的小诗及泰戈尔的儿童散文，如："诗，当是照耀人类的太阳，不是温暖个人的炉火。""桥，为什么你的脊背总是弯曲的？原来你担负着两岸的青山。"还有一首题为"白云"的小诗："哟！好厚的雪呀！星孩子，怎么不来滚雪球？是忙着做功课吗？看月亮的光，又要把它融化了。"此外，还有许多豪言壮语。我的豪情只能深藏在心底，表达在日记本上。因为当时我偏爱文学，数学成绩不好，以为在同学们眼里我是落后的，但内心深处却不服输。我只有暗中努力。

学校食堂旁的一列长墙全都漆成黑板，每班分得一块，定期出黑板报，进行评比。班上出黑板报几乎每次都会采用我写的诗歌。同学们渐渐知道我爱好文学了。多少次，我和刘爱华趴在妙高峰上的草丛里哦哦自语，寻词觅句。我们也有很多机会听文学讲座。学校经常组织演讲赛和作文赛，我也得过奖。班上爱好写作的还有梁丽虹，她的散文得到老师的称赞，我的散文却毫不出色。我只觉得有强烈的写作欲望，有很多美好的、触动过我心灵的东西想写，却写不出。我争分抢秒地读啊，写啊，一心想在毕业时取得什么"成就"，可是，四年转眼就过去了。

在毕业留言中，梁丽虹给我留言道："十年后与你相约省作协。"我想，四年太匆匆，十年，应该足够了。要毕业了，我最想写一篇文章，题目是"第一师范"。当我写下这个题目时，突然感到它太伟大了！这不是一个少年所能胜任的，当然也不是一个平凡之辈能写的，就像《沁园春·雪》只有毛泽东才能写得出。离校前，政教处易主任召集毕业班学生开了个会，他在大会上庄严而深情地对我们说："你们是湖南一师的学子，你们走上社会后一言一行都代表湖南一师的形象，希望你们每个人都用自己的努力为这所世界名校争光。"就在此刻，我立下了宏大的志愿：一定要做个优秀的、对社会有贡献的教师。我怀着复杂的心情——带着深深的遗憾和无限的留恋，又仿佛带着一个重大的责任，告别了湖南一师。

三、立品直须同白玉，读书何止到青云

一九八八年六月，我们毕业了。我们是包分配工作的，因此不愁"吃饭"的问题，但大家分配的单位还是有差异的。我是从省到市再到县，最后由县里分配到乡镇，仿佛没有一个地方需要我。这更强化了我不甘被埋没的志向。我决心通过自学考研，根本没考虑找对象结婚的事。而且我对婚姻不抱幻想，因为我觉得男尊女卑的思想还在生活中存在着。如果找不到志趣相投的人，我宁愿终生不结婚，坚持读书写文章。我愤愤地想：我要向全世界证明，女人不依靠男人照样活得好。

我刚刚对自己的人生做好以上规划，等待分配的单位还没着落，姑父就给我介绍对象了，是与姑父同校工作的青年政治教师。在姑父家里，我看了这个人第一眼就没打算看第二眼，因为相貌太普通，何况我那时没有心思谈恋爱。可是这个人看了我第一眼就觉得我好像已经是他的妻子，现在从远方回来了。原来姑父提前跟他讲过我，他一听是湖南一师毕业的，人还没看到早就在心里同意了。我明确表示我暂时不想找对象。但他设法接近我，帮我提取从一师邮寄回来的两箱书，发现我的书中有

一本《查拉图斯特拉如是说》，兴奋地说："这是我看的书，我是学政治的，喜欢哲学，看过很多关于尼采的书，正差这一本。"就以主人的身份读起这本书来。我正害怕"政治"式的枯燥，我追求诗意。巧合的是，我惊喜地发现他正有一本《吉檀迦利》！他说，（这本书）就归你了。我没法拒绝这本一直渴望的书。于是就有机会交往，在交往中我发现这个人与众不同，他读过许多哲学、心理学书籍，他的哲学思想令我佩服，更可贵的是他有尊重女性、男女平等的民主思想。在与他交往的短短几个月时间里，我没有谈恋爱，我是在反复体验和思考，最终决定同意与他结婚。结婚之后，我就开始和爱人谈恋爱，一直保持到现在。书为媒的婚姻足以浪漫一生。

结婚之后，爱人对我的工作学习非常支持，为我付出很多。我曾尝试写文章，但总觉得只有词语，没有具体的东西可写。我想，书还是读得"小"，必须读"大书"。于是报名自考，从专科到本科，再到拿到汉语言文学学士学位，直到2008年参加国家研究生考试没通过，方才罢休。这条自考之路坚持了十多年。同时，我没有忘记我真正的理想：做一个优秀教师。从事教育工作后，我懂得了，当老师不仅仅是与知识学问打交道的事，更是与人打交道。我们不能只用知识去教学生，而是要用自己这个"人"去影响学生。我立志做一个研究型的教师，开始对理论感兴趣，读了许多教育学、心理学方面的书籍，如《给教师的建议》《人文教育》《赏识你的孩子》等，并长期订阅《湖南教育》等杂志。担任教研组长，倡导教研教改，独立进行"人本性作文"课题研究。在九公桥完小，是我最先从《湖南教育》杂志上读到关于素质教育的新理念，并在学校组织成立全县第一个"素质教育兴趣小组"，在教师队伍中宣传和探讨素质教育，比教育局行政宣传早两年。

正当我工作搞得风风火火的时候，却发现教育自己的孩子遇到了问题——孩子不按我的意愿发展。我感到焦虑、茫然，不知哪儿出了毛病。我向书本求救。这时，我读了《人生的钥匙》一书，这是美国心理学家布里格斯讲如何培养孩子自尊心的著作。我读后如醍醐灌顶，纠正了许多从父母那一代沿袭下来的不科学不合理的教子观念和方法，并把学到的心理学知识用于教育工作中。更重要的是，这本书使我认识了自我。对人来说，认识自我比认识其他任何客观事物都重要。教育儿子第二次出现困惑是在儿子青春逆反期。那时儿子上高中，与我们发生强烈的冲突和对抗，我们感受到的痛苦不亚于我在少年时面临父母吵架闹离婚的那种揪心。亲子间的矛盾冲突，我后来通过学习心理咨询，正确地解决了。

我在工作之余常常写一些教学随笔和札记，以我的笔力写这类文章倒还是得心应手，可见文学书也不是白读的。我每次写文章，爱人都非常感兴趣当读者，他常常给我提出一些有价值的见解。我发现我的思维是感性的，写文章只有形象，他每次给我提建议，把他的思想见解加进去后，文章就深刻多了。我不由得想起在一师看到老园丁为茑萝做支架的情景，柔软的茑萝一旦爬上造型生动的支架，就显得绚丽多姿。我的语言是茑萝，爱人的思想是支架。有了支架，茑萝藤爬得有体有型，富有立体感。我对爱人说，我是茑萝，你是一棵挺拔的树，我攀附在你身上开满鲜花，就是一种伟岸的造型。他说，不，这不符合你的个性。你是舒婷笔下的那棵木棉，是作为树的形象和我站在一起的。我们，根，紧握在地下；叶，相触在云里。他又说，其实你是运动员，我是教练兼陪练。

我们有共同的志趣，出则散步登山找野菜，享受清风与阳光，入则奇文共欣赏，疑义相与析。周围很多人都羡慕我们，他们不知道，是读书、真读书、读真正的书，使我们以自由飞翔的姿势生活在大地上：有诗意、有思想、有个性。真读书人与学历文凭无关。不知是谁说婚姻是爱情的坟墓，现在我可以证明这句话不对。如果不信，还可以去问钱锺书先生和杨绛先生，他们一定不会赞同这句话。如果爱情之蜜用书酿成，那一定是甜蜜的；如果爱情之酒用金钱酿成，那必然是苦的。

我总觉得命运之神对我格外眷顾，真是三生有幸，我的幸福婚姻足以加倍补偿我童年的痛苦。因此，我对生活总是心存感激，能宽容一切。我常常觉得，努力是应该的，奉献是应该的。只要有对他人和社会奉献的机会，我非常乐意出力，并因付出而感到更充实。我的爱人后来工作岗位改变了，但他在我的影响下读了许多文学书籍，他一直在尝试把"思想"变成"形象"，他平时写的诗文有厚厚的几本。最近写了一篇关于人与自然的散文诗达一万三千多字。我自己也因教研教改及教学论文方面的成绩，在晋级方面有了优势，并被评为省优秀教师。

这世界上有人爱钱如命，我们虽不说爱书如命，爱书如宝还是称得上的。我们多次搬家，从未丢失书本，迄今为止藏书约有两千册。汇人间群书博览者，何其好也；集乡下顽童教育之，不亦乐乎！

四、立言自当益世人，读书终为修己身

二〇〇八年十月，我们一师289班的同学举行了一次同学聚会。来到第一师范，看到既熟悉又有点陌生的校园，仿佛二十年前就在昨日。没想到二十年会过得这么快。当年的四年是一天一天过的，参加工作后的二十年是一年一年过的，这二十年简直比当年的四年还快。突然想起同学的留言，于是重又激起文学写作的欲望。我想：现在，可以写了。真学问从实践起，大文章自生活来。二十多年来，我从未虚度，我认真地生活和学习，这一切都是为文章做准备。于是我写了些散文随笔，陆续在《湖南教育》等杂志上发表，又参加县文联、作协的创作活动，在二〇一二年五月被推荐加入了市作协，不过离省作协的距离还很遥远。但我知道，少年时代的梦想依然在继续，它会持续终身。

这个时候再写文章就不光只有辞藻了，还有具体的生活内容，自己独特的体验和认识，文章有了思想内涵。我在自己的文章中又看见儿时读过的诗词的影子。陆游说："古人学问无遗力，少壮功夫老始成。纸上得来终觉浅，绝知此事要躬行。"少壮功夫老始成！古人真不骗我也！

青少年时的汲取经过岁月的发酵，终于酿成美酒！书香酿成的美酒是越陈越香的，经得起岁月流逝。警语云："六经读罢方拈笔，五岳游归始画山。"

这一时期，我在工作中遇到了新的难题，我在农村中学任教，面对的学生大都是留守儿童，他们存在许多心理问题，很多老师对现在的学生感到失望。我决心寻求解决问题的根本办法，于是学习心理咨询。通过一年的集中学习，于二〇一〇年获得国家二级心理咨询师资格证。读了许多心理学专业书籍，有《精神分析导论》《生命意味着什么》《NLP简快疗法》《谁在我家》《爱的序位》以及毕淑敏的心理散文等十多本。加入了省教育学会心理健康教育委员会。在心理咨询的学习过程中，我再次进行自我分析，明白了我为什么能这么幸运、这么幸福，也知道了童年对人的一生来说意味着什么，作为教师应该怎样呵护学生的童年。

与此同时，我与我的中学老师罗锦旗先生，有感于当今语文教育中存在的弊端，为培养"真读书人"，我们一起从事"以读促写语文教学研究"的省级课题研究。我们探讨怎样使学生终身爱上读书，具有无功利性的阅读和写作的兴趣，以此丰富自己的精神，健全自己的心灵。怎样使语文从"应试"的枷锁中摆脱出来。我们上研讨课，听课评课写论文，指导学生写作文，投稿，出校刊，没有一分钟闲过。这期间我又读了一些关于语文教改的专著，如《生命语文》《诗意语文》等。有人问，你不累吗？做这么多事！其实我做的就是一件事：让生活更美好的事。

我读书是为了提高自身修养，我写作也是为了教学和研究。我做的事看起来分三个方面——教育、文学、心理学，但这三方面是互相促进、融为一体的，我把它们当作一件事就不觉得累。少年时代最喜欢的作家是冰心，现在我最想学习的作家是毕淑敏，她是集医生、作家、心理学家于一身，用文学的方式传播心理学，使二者相得益彰。

罗曼·罗兰说："从来不是人读书，只有人在书中读自己，发现自己或检查自己。"是的，通过读书认识自我，完善自我，达到自我帮助，从而走向自我实现，这才是读书的真正意义。只有这样才能对读书保持恒久的兴趣。而当今的教育现状是让人耗尽心力学"知识"，并没有通过读书来滋养心灵。读书的本来目的迷失了。正如孔子所说："古之学者为己，今之学者为人。""为人"是为外界事物——取悦于人或追名逐利，这样读书就成为"苦差事"。这就是"真读书人天下少"的原因。

无情岁月增中减，有味诗书苦后甜。在未来的日子里，我将坚守我的人生理想，一如既往地读书、写作、教研。一生德业原非易，万卷诗书由来深。发已白，志当青。立身每思学古人。

（获2012年湖南教育报刊社举办的"湖湘教师读书征文"一等奖。）

话里有话话情怀

"健步如飞，谈笑风生；人见人爱，花见花开……"这是谁家的孩子呀？

"它面容清秀，骨气硬朗"，"……始终带着拈花式的神秘微笑"，"触手可及，却又深不可测"。这是哪门子的佛呢？

"它们亦如老树开出意想不到的花朵"，"它们都于平常中见出幽深"。"它们"又是什么？

哦，"你尽可眉开眼笑地称它为精灵。那份怜爱如同蹲下身抱起那个脸如苹果的孩子。"

我觉得"它"和"它们"，就是湖南岳麓山下、湘水之旁那个叫作黄耀红的教育博士的"孩子"。因为黄博士在它们身上倾注了自己的心血，他熟悉它们的脾性，了解它们的发展变化，他对它们有感情，深爱着它们。——原来，这里描写的"它们"，竟是我们汉语里一个个普通常用的词语。

读了黄博士的语词文化笔记——《话里有话》，我想，他一定随时随地在观察、体味、思考，一定把它们当作一枚枚橄榄，放在嘴里津津有味地咀嚼着，在脑海里一遍遍地摩挲着它们，琢之磨之。

　　这本书很有意思。这书名就一语双关了，你再看书里那些篇章：《关系如何说得清》《就这样聊着"天"》《说三不道四》《语言的生老病死》《水之魅》《美丽的早》等，生动活泼，富有机智。全书共 56 篇文章，每一篇"聊"的是一个语词或语词现象，如"关系""封建""社会""文明""被""裸""天""节"等，语序、称谓、标语、问候语，以及汉字的多种字体。

　　初读这本书，直接感受到的是作者那活色生香的语言。语词，在我们平常的思维里，是抽象的概念，枯燥无趣，而在作者笔下却如蝴蝶翻飞，花开虫鸣，仿佛他描写的不是语词，而是美丽的大自然。翻开这本书，就像走进鸟语花香的田野。作者的如花妙语来自他那天马行空式的想象，不受拘束的多向思维和独特的感受力。

　　《话里有话》是一本独具特色的随笔式文化著作，作者用形象的笔法来表达对汉语语词的思考以及语词背后体现的历史文化内涵，思想深刻，既有学术性，又具文学性。作者切入话题的角度非常新颖，从一个个具体的语词或话语现象出发，思维的触角上天入地，贯通古今，飞越中外，探寻了语词或话语现象所折射出的历史文化遗痕，社会生活现象及国民心理和思维方式。就这样以小见大，以一滴露珠来反映太阳的光辉。每一篇文章又好比一颗小小的多棱钻石，从不同方向发射出不同色彩的光芒。整本书就是五十六颗钻石穿成的闪耀着思想光辉的项链。读了这本书，方知思想见解还可以这样表达。

　　他的话里还有什么话呢？有他对生活、对汉语言文字的热爱，对文化的追求，尤其是对教育的关注和思考。我爱人读后说："你以为他真的是在谈词语吗？词语只是每篇话题的引子。这其实是针砭时弊的杂文，特别是针对当今教育界存在的问题。"的确，很多篇章都从话语现象谈到教育，尖锐地批判了不合理的教育现象，表达了自己先进的教育理念。如，说"常识"："当下的教育，孩子天天补课天天作业。遇到学校受检，还不得不帮着学校作假造假，这是不是有悖于常识？"说"工程"："当人们以太多的'工程'来指称教育过程的时候，这里所透露的恰好是一种并不美妙的工程思维。……思想不可能是工程，文化不可能是工程，教育也不可能是工程。"说"社会"："教育永远从个体出发，从'人'出发，而不是从社会出发。"说"闲"："中国教育多么向往那个'闲'字啊！"这些话体现了作者的哲思和睿智。

我从他的"话"里读出了那颗火热的心，读到了他的文学情怀，以及他关怀天下、以教育为己任的知识分子情怀。你丝毫不会觉得他在卖弄学问，因为字里行间饱含深情。这种散文式的文化著作，适宜于各类人群阅读，教师、学生、机关工作人员或广大市民，只要你爱好文字，以休闲的方式随意阅读，可于轻松愉快之中获得启迪。

这本书的作者黄耀红，是湖南教育报刊社的编审、主任，为先在线网站总监，与这本书同期出版的还有作者的另外两本著作：《湖湘语文》《不一样的语文课》。这三本书出版于二〇一二年十一月，我于二〇一二年十二月二十一日就得到了。在我家几千本藏书中，这三本有着不一般的来历，特作文以记之。

二〇一二年十二月二十日，我上了第一节课，乘坐大巴通过高速公路来到株洲市。下午三点多赶到天元区白鹤小学。多媒体教室里正在上观摩课，我在学校附近买了两个面包当午餐，就赶忙来到教室。只见教室里几千名小学语文教师济济一堂。讲台上空挂着巨大的横幅：株洲市书香校园建设之班级阅读导读课研讨会暨湖湘教师读书征文活动颁奖典礼。我不动声色地坐在最后一排听课，做笔记。观摩课后，主持人说"请黄博士做点评"，我突然想：会不会是黄……评课结束后，天快黑了。我往前台去，很高兴看见了一师同学梁丽虹，我们热情地打着招呼。这时，

我发现主席台座位上有嘉宾的名字，我特意看了一下，果然是：黄耀红。不过他不认识我，我没有理由打招呼。

正当我和同学谈得热乎的时候，她接到了一个电话，有一个重要工程晚上须洽谈，她将我托付给她的好朋友刘建辉。活动主持人株洲市教科院帅晓梅邀我们共进晚餐。在电梯里，刘建辉和我攀谈："你贵姓？"我开心地说："我是邵阳县的王春艳，我是来领奖的。""啊，你就是王春艳呀，之前黄博士还说起你呢。看来他对你印象挺深的。""真的？"我感到十分惊讶！我的名字如果曾经出现在他的眼前，那是十多年前了！

我们很快就来到餐厅，黄博士已先到那里了。刘建辉向黄博士介绍："这就是王……"话未说完，黄博士立即起身主动与我握手："王春艳老师啊，你好！你的名字我一直记得。你的文章写得好呢。我见过的名字太多，大多记不得了。但对于你，我印象很深。你当时还写过一封信给我，觉得挺感人的。"

这就是那个记忆中的黄耀红，如此热情豪爽而又和蔼可亲。已过了一激动就手舞足蹈的年龄，此刻的我只觉得满心的激动，却说不出什么话来，只好用平静的语气说："非常感谢您给我的鼓励，我经常在《湖南教育》上寻找你的名字。"

一九九八年我写了篇关于作文教改的论文《淡化主题意识》投到《湖南教育》，他（作为编辑）认为见解独到，亲自用红笔给我修改行文，并嘱我誊好再寄给编辑部。我的信大意是说，教育是我的理想，我一直在思考和探索。后又投了一篇教改课例，展示我的教学理念。他记住我的名字，就因为这些。他在关注什么？——教育，还有热心教育的人！当下的湖湘教师读书活动、湖湘语文课程建设，他就是最主要的发起人。没想到我们以这种方式相遇了！是啊，溪水与溪水，相遇于江河，只因为它们在奔流中，唱着同一首歌。

"你那篇文章最后还是没发出来，是吗？你后来陆续在《湖南教育》发表了一些文章，我知道……"

"是的。您给我修改过的稿子和回信，我一直保留着……"

在餐桌上等待开餐的时候，我发现帅晓梅老师有三本新书，顺手翻看，原来是黄博士的著作，赠送给帅老师的。可惜我跟黄博士没有交情，初次见面，不好向他索要。我想趁机读一篇文章。这时黄博士说："王老师啊，这书你们也有的，明天会给你们。"我顿时喜不自禁。

第二天，正是传说中的"世界末日"，窗外鼓噪着"末日"的喧嚣，而在白鹤小学的多媒体教室里，几百名教师正在静静聆听人民教育出版社编辑王林博士的研讨课和讲座。讲座完毕就是颁奖典礼。我们获奖教师的奖品就是黄博士的三本著作。我在这次征文活动中获得一等奖。我的参赛文章《最是书香能致远》，近万字，记叙自己的读书经历，专为这次参赛而写的。黄博士说，王老师的参与使我们的活动覆盖面扩大了半个区域，她是整个邵阳市唯一一名获奖者。

2012 年 12 月

书外读书书豪气

有人说：读万卷书不如行万里路；行万里路不如阅人无数；阅人无数不如高人指路；高人指路不如自己参悟。

这话说得好极了！因为我悟到了其中的道理，深有体会。

几十个春秋，我一直在读书、行路、阅人，寻找高人、认真生活、潜心体悟，努力探索教育和人生的真谛。步入不惑之年，有了一些收获。我认为，一个人首先要读书，这是认识世界的基础。但书是凝固的思想，是前人或他人在一定条件下留下的定论，是"片面的真理"，有局限性。而生活是变化发展的，生活永远大于书本，大自然永远比书本更丰富，因此，行万里路游山观水，便是另一种学习方式。山水不言，其中蕴含的东西只有读过书的人才领略得到。相比于读书，读山水是更高的一个层次。

相同的山水一定的书，不同的人读了有不同的体会和认识，每一个人就是一个世界。因此，人，生活中的人，就是活着的书，远比书本和山水更丰富，更有灵性，更能直接感染人、推动人，这就是"行万里路不如阅人无数"。阅人无数也好，高人指路也好，最终要通过自己领悟，消化吸收，浸淫自己的内心，才能生成智慧。否则，一切的"读"都将失去意义。

我喜欢读书。我读书不仅仅是求知（知识终究是死的），我读书更重要的是从中感受激情，调动情绪，产生内心力量。从这个意义上讲，读山水，读人，参加活动，更能起到这个作用。

今年（二〇一三年）五月十八日，我参加了为先网站策划举办的"山水语文与语文山水"的湖湘语文主题活动，聆听了三位高人关于山水的讲座，醍醐灌顶的感觉，"悠然心会，妙处难与君说"。

老狼讲《世界最高峰——青藏高原的美丽山水与生命沉思》，绘声绘色，谈笑风生，幽默中随时闪烁哲理的光芒。他用不加修饰的实地实拍的风景照，告诉我们在地球的那一方，大自然是如此神奇美丽，摄人心魂：天空靛蓝，月光如灯，金子般的油菜花，梦幻似的彩虹，还有蓝色夜幕上的繁星……他用即兴侃谈式的极富感染力的语言，告诉我们他是如何挑战生命极限体验世界最高峰，以及他游历西藏得到的禅悟：人有多种活法；人不管活得多么威风，最终还是会回到本原——风、火、水、土；从西藏回来，他决定捐出自己的部分财富建立公益基金……他就是一座高峰。他的讲座似一种召唤，让人惊羡和向往一种高度。

至于吴昕孺老师，我已把他当作"老相识"（我在为先网站的每篇博文他都点评），这次可以说是慕名而来，一睹风采。他讲的《中国文学里的山水情怀》，这个话题我就特别感兴趣。因为我既喜欢山水，又喜欢文学，也读过许多写山水的文章，但头脑里只有零散的感性积累，没能把两者联系起来做出理性思考。比如，"文章是案头之山水，山水乃地上之文章""智者乐水，仁者乐山""观山则情满于山，观海则意溢于海"，这些名言我早就熟记于心，但只是从字面上理解，从来没有领略到这些话语背后包含的深刻意蕴以及它产生的文化背景。

吴老师说，山水就是中国的宗教，中国人强调天人合一，人与自然的结合是中华文化的最高境界，中华文化是世界上包容性最强的文化。自古以来，读书人寄情山水，中国文人将山水当作自己的家园，将山水当作自己的镜像，山水是医治中国文人心灵创伤的良药，山水是中国文人的人格写照。听了吴老师的讲座，我有一种茅塞顿开、恍然大悟的感觉。我懂了，怪不得中国能诞生屈原、苏轼、韩愈、柳宗元、欧阳修、王安石等一大批烁古耀今的大文豪；怪不得他们被一贬再贬、遭受人生最悲惨的打击之后，还能百折不挠，化厄为幸，创造出不朽的文学作品，成为一代又一代的精神财富；怪不得古代文学作品中最感人肺腑的是贬官的山水美文。原来山水就是我们灵魂的母亲，可以化解人世间一切苦难，只要我们精神的脐带和它紧密相连，我们的心灵就不会贫血。

我教初中语文，曾有学生读到九年级时突然发现一个问题：为什么古代作者总是被贬？我思考过，有了一些模模糊糊的认识，总像隔着一层窗纸，不太分明，现在这层窗纸一经吴老师点破，便豁然开朗。真的是"听君一席话，胜读十年书"。吴老师的讲座具有学术研究性，给我们以智慧。吴老师文学创作颇丰，他就是人中的山水。

年逾古稀精神矍铄的戴海先生，向我们讲述自己乐山乐水的体验：守住一座山（岳麓），熟读两座山（南岳、庐山），向往更多的山。这

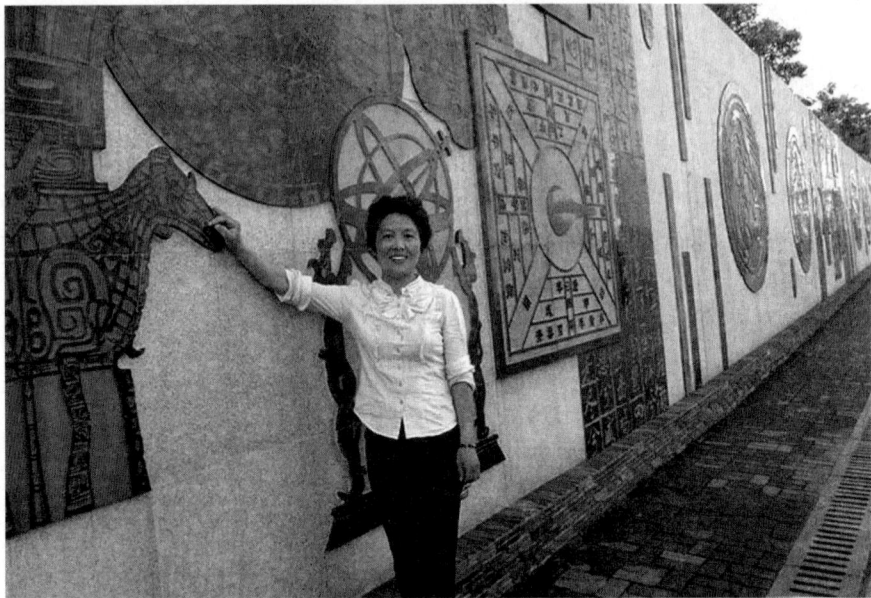

又是另一番境界，给了我们一个示范，让我们懂得在平凡的生活中平常的山水中怎样实现"乐山乐水"。如果说老狼是一座高峰，他（自称是读书人中的有钱人，有钱人中的读书人）和他讲的青藏高原，一般人难以企及，只能向往，那么，戴海先生恰似荆楚大地上我们最感亲切的南岳衡山，每个人都可通过努力去接近。他那种"低山矮岭也风流"的境界，永远"在路上"的行者精神，以及"精神避暑"的说法，给予我们深刻的启迪。

有山皆画原非笔，见水是诗却难言。我们欣赏大自然最是苦于难以用文字去描摹，这次戴海先生向我们展示了他自己富有个性的表达，如"蝉声如瀑""仙是山里人"、山林是"天籁大音箱"、"苍松是风雕成的，奇石是水塑成的"等。又如写香炉峰的"诗林"（碑刻）巧在自然：和诗碰了头，不可不读；被字撞了腰，不可不赏。好诗好字如仙山灵芝，从石缝中生长出来。妙言美句，妙趣横生，真乃唾珠咳玉，令人耳目一新。

自从知道有了"为先在线"网站后，我就经常登录网站，关注其中的人和事，受益匪浅。去年我在网站上看到"湖湘教师读书征文活动"的启事，写了篇近万字的散文《最是书香能致远》去参赛，获得一等奖。十二月二十日到株洲参加颁奖大会，由此认识了湖南教育报刊社黄耀红博士，并了解到在株洲有一批诸如丁文平、帅晓梅、梁丽虹、刘建辉等致力于素质教育、撒播读书种子的教育者，被他们所感动。春节期间我参加网站举行的春联竞赛也获奖了。他们还在长沙举行了两届"湖湘教师读书论坛"活动。一系列活动旨在探索地域文化下的语文课程建设，提升湖湘教育和教师的文化高度。每次看到那济济一堂的同道者，我就暗自产生如许感慨：自古湖湘多才子，而今更有黄博士。岳麓山中效朱张，岳阳楼上起忧思。杏坛树帜挥巨手，大笔如椽赋壮词。登高呐喊从者众，兴教一方定有时。

为先网站仿佛一个万花筒似的滚动舞台，十八般武艺都可在这个舞台上展示。网站还有一个特别的栏目——非常教师，定期展示湖湘大地上寻常而又有点不寻常的教师风采，我很感兴趣。读他们，想自己。壮心未与年俱老，长恨乡居无人知。现在，舞台有了，我不禁问自己：节目准备好了吗？

2013 年 6 月

父亲教我学对联

父亲在世时最喜谈对联，常用生活中的物名及俗语、方言作联为乐。儿时，父亲那些脱口而出的俗联对我就是一种绝妙的对联启蒙。比如，父亲在与我们闲聊时会笑吟吟地说道：扯扯根菜（菠菜的俗名）、牵牵牛花；烧烧红薯、剁剁辣椒。夏天，他会说：水车车水，车停水止；风扇扇风，扇转风生。在厨房里，他会说：鸡蛋无盐真淡蛋；猪肠不切好长肠。我记忆中的第一副对联就是"狗尾草"对"鸡冠花"。时近清明，不由得深深地想起父亲。想起父亲自然会想到对联，心中反复默念"狗尾草"和"鸡冠花"，于是把它扩展成一副这样的对联：

> 鸡冠花，昂首园中争报晓；
>
> 狗尾草，躬身道畔学迎宾。

父亲生前在金竹山煤矿上班，我老家邻村有个地方叫银仙桥，父亲顺口用这两个地名拟了一副对联：

> 金竹山山中有矿；银仙桥桥上无仙。

他还津津有味地与我们说起自己在厂里与工友戏谈对联的事，他曾出了一上联：落花生，花落生花生。他很得意无人能对，可最终他自己也对不出。后来我爱人想到"开口笑"这个酒名可对"落花生"，于是稍做改动，变成这样一副对联：

　　　　开口笑喝开口笑；落花生长落花生。

有一次，父亲对我说：这样两副对联，看可以比喻什么？

　　　　白蚁蛀木，紧蛀紧蛀；蝗虫吃禾，吞吃吞吃。

　　　　鸬鹚捕鱼，常捕常捕；蚂蟥吸血，猛吸猛吸。

我想了一下，与父亲相视而笑：原来这两副来自农民生活的俗联，在那个年代老百姓借以讽刺那些贪官对百姓的敲诈与盘剥。

父亲常用民间俗联让我们进行一联多对的游戏，他说这可以训练人的反应能力和发散性思维。比如，民间有"水桶漏出船漏进"的上联，我们一家子对出以下几联：

　　　　山石打碎铁打绵。

　　　　油灯吹灭火吹燃。

　　　　黄泥烧硬铁烧熔。

父亲认真对我谈对联的情景是这样的，他说："民间也有高手的，在我们邵阳县就有很多乡村流传好些有水平的对联。"他列举了几副。

金称市镇敬字阁联：

　　　　珍藏天地秘；收拾圣贤心。

塘田市镇的留念亭联：

到此留行踪，莫辜负山清水秀；前程念归宿，但勿忘任重途长。

诸甲亭镇龙井湾塔岭亭联：

　　曳足东来，谁跳出名缰利锁；举头南望，却收得邵水祁山。

他说这些对联都富有哲理，耐人寻味。他对"谁跳出名缰利锁"一联尤其有感触，并利用这句话另撰一联表达自己的心志：

茫茫人世，迈步前行，谁挣断名缰利锁？

冉冉光阴，扪心自问，我坐拥辞海书山！

坐拥辞海书山？这口气是不是太大了？原来是我们家收藏有《辞源》这套词典，还有诸子百家、四大名著、《本草纲目》《芥子园画谱》及《史记》等经典书籍数千册，大部分都是父亲收藏的。母亲常常抱怨父亲一事无成。父亲作为工人，薪水微薄，不谙营利生财之道，当年家中经济拮据，他除了省吃俭用之外，别无他法。他的志趣只在读书和买书，除了买书之外，从不乱花钱。父亲自认为"坐拥辞海书山"也算是他一生的收成。我到现在才明白，其实这也是对子女最好的教育之道。正因为有父亲的影响，我们姐弟三人得以热爱学习，通过读书创造自己的前程。

我上中学时，父亲每次从工厂回来都要带一两本书放在家里，有很多本对联书我都津津有味地读过好几遍。《古今楹联拾趣》中的趣联我几乎都熟记于心。这本书中有个《张之洞巧对》的故事，说是张之洞游汉阳，友人出一联曰：洛阳桥，桥上荞，风吹荞动桥未动。张之洞望着江心，随口对出下联：鹦鹉洲，洲下舟，水使舟流洲不流。父亲让我们用长沙的地名，对下联或模仿这副对联另撰几联。我们几人各吟一句，经过筛选，以下两句可做下联：

天心阁，阁中鸽，人唤鸽飞阁不飞。

岳麓峰，峰上枫，霜打枫红峰亦红。

　　另外，不限用真实地名，仿写以下几联：

　　　　碧瓦檐，檐下燕，烟熏燕走檐不走；

　　　　农家屋，屋顶乌，月落乌啼屋不啼。

　　　　池中荷，荷旁河，雨倾河涨荷未涨；

　　　　陌上桑，桑边霜，日晒霜融桑不融。

　　　　龙眼井，井旁景，秋来景换井不换；

　　　　马头墙，墙上蔷，春去蔷凋墙未凋。

　　最伤心是父母恩深终有别，如今父亲已列仙班，再也无法相见。思念之中唯将旧书百遍翻。近日，再看《古今楹联拾趣》一书，发现书中还有一个《单联》的故事：从前有位年轻的尼姑，长得非常漂亮，她的亲戚多次劝她出嫁，她终于被说服了。但提出一个条件，她出一上联，要是有人能对上她就嫁给他。尼姑的上联是：寂寞寒窗空守寡。她要求下联每个字也是相同的部首或偏旁，内容也要与此相关，结果无人能对。独自静坐之时，为排遣思父之痛，我尝试为这"寂寞的尼姑"对出下联：

　　　　宽宏富室容安家。（或宽宏富室宜安家。）

　　　　芬芳芍药莫荒芜。

　　　　逶迤远道遍通途。

　　父亲一生爱书，喜谈诗文，用自己的好学精神熏染我们，他获得的回报是我们这些做晚辈的多少都沾了文气，他去世时我们能结合他一生的经历，亲自给他写祭文和挽联。父亲生于一九四三年，早年失父丧母（我爷爷是被日本鬼子抓走的），幸有叔婶扶助成人，二十岁参军，二十五岁退伍成家，尔后在煤矿工作。凄苦的身世使他内心深处特别珍重亲情和人间温暖，待人处世讲仁义，淡泊名利。每与我们谈起身世及亲情，便眼中蓄泪，语带哽咽。

再过三天就是父亲的祭日了。上周六，我们姐弟按家乡习俗在清明节前回村给父亲挂早清，村里懂文字又了解父亲的普汉叔，见到我们便来到我们的新房子门前，认真地看了我们自己写的门联：

> 傍资江，饮活水，里有仁风春意永；
>
> 依祖地，建新房，家余清气福泽长。

他连连点头赞叹道："这对联写得好哇！你们父亲去世时那两副挽联也写得好，也是你们自己写的？"我们说是。

我写的挽联是：

> 幼年失父，少年失母，失之多矣，毕竟未失根本；
>
> 养性有书，处世有德，有此幸甚，至今留有余香。

我爱人写的挽联是：

> 投戎非报家仇，终身含泪说忠孝；
>
> 从业同兴国运，后辈勒石著精神。

己亥年二月十一日

（入编《邵阳对联故事》一书）

姑父的嵌名联

姑父陈国梁先生,邵阳县绍田村人,原邵阳县三中语文教师。于一九三四年九月出生,一九五二年三月走上讲台(时年未满十八),至二〇〇二年八月最后放下教鞭,整整从教五十年。姑父有深深的教育情结,退休后又被挚友肖美群同志聘请到县民办高中南华中学当专职班主任。其为师,爱岗敬业,爱生如子,桃李满天下,当时在教育界德高望重,颇受学生爱戴。业余创作亦丰,自编小说、散文及诗联各一集留赠亲友。余尝读其诗联集,发现颇多佳联妙语,遂深受启发。姑父的嵌名联别具一格,奇思妙对,往往出人意料。原来姑父的从教生涯中一直当班主任,常赠学生以嵌名联,寓教于联,独具特色。并力求联如其人,实为难得。可谓善教者矣!

姑父在诗中慨叹:不知儿孙谁似我,亦爱满室诗书香。自古为文期流传,姑父的儿孙皆学有所成,但都是学数理的,无暇文字编撰。正值邵阳市楹联学会拟编辑出版《邵阳对联故事》一书,吾愿自担此任,让姑父的对联供更多人欣赏。因此,辑录其意境、构思新颖脱俗者二十五副,以飨读者。

嵌名联赠学生

给艾容安

容人容事辨邪正;安社安邦振纪纲。

给隆海姣

海燕凌空迎暴雨；姣花照水映红霞。

给艾荣华

荣辱不惊冷眼观时态；华实并茂雄心绘壮图。

给王美珍

美在仪容有礼有节有风采美而珍矣；

珍于人品无尘无垢无邪思珍且美之。

给罗丽丝

丽日和风添画意；丝萝彩锦绣人生。

给好学不倦的何飞

何事爱三余？飞鸿上九天。

给想谈恋爱的刘永红

永爱陪永生情钟身属；红心遇红运事在人为。

给刻苦攻读的谢华望

华章有韵君苦读，不苦；

望日无云月更圆，会圆。

（每月阴历十五称望日。）

给表里兼美的周芳丽

芳心清雅有如无花果；丽质高洁恰似君子兰。

给热情有豪气的谭海洋

海涵英气壮行色；洋溢豪情显风流。

给秀美而多情的谭丽梅

丽容玉质当自珍自重；梅骨松节方人爱人钦。

给贤淑而庄重的林敏娟

敏其事慎其言端庄而干练；娟于容惠于内文静以贤淑。

给思维开阔的张海莺

海阔山遥任你想，天开皆由异想；

莺歌燕舞伴君行，身贵缘自远行。

给需要磨炼毅力的吕江波

江流百转千回方可注入南湖东海；

波浪九击十跃终于绽开雪蕊银花。

给志向远大的刘少天

少年壮志薄青云要创千秋大业；

天上明星作慧眼来观万里风云。

给文采飞扬的李文强

强劲似厉雷闪电堪称好汉；

文章如流水行云无愧书生。

给品学兼优的马水

千里马，马行千里认归途，唯因仔细观察，深究事理；

百川水，水汇百川成大海，缘自谦虚接受，笑纳涓流。

嵌名庆婚

为陈良虎黎小庆结婚拟联

怀良才娶良女确为良虎；居小室达小康岂止小庆。

为杨文龙唐小海结婚拟联

彩凤恋文龙，搏风击雨九天去；大洋连小海，载舰托舟万里行。

嵌名祝寿

为何恢榜同志七十寿辰拟联

恢宏正气，清操厉玉冰，为民为国尽丹诚，七秩未得虚度；

榜样人生，仁爱化甘露，育女育儿成大器，八旬再看丰收。

为刘建章将军九十大寿拟联

序：将军，隆回人，名建章，字焕伦，南华中学校董肖美群之姑父。当其九旬大寿之际，肖倩我为之撰寿联。此为嵌名联，先字后名。

焕若朗星，光辉黄埔，光荣抗日，远征印缅战倭贼，名将雅儒，有殊勋树建；

伦参群杰，心系昭陵，心爱台湾，留寓异乡思故国，深情大志，赋一统新章。

嵌名挽联

挽族兄陈芳堂

芳馥动乡县，以才以品，以儿女以门生，桃李不言，成蹊连径；

堂皇扬美名，于事于人，于家庭于社稷，心胸藏爱，有口皆碑。

为肖美群同志预拟挽联

美于意，美于行，履途坎坷曲折，奋力追求至美，苦事终成美事，晚岁忻忻美境臻，沐夕照金辉，何荣光满洒；

群以能，群以策，桃圃芬芳繁茂，兴学广益众群，诚心赢取群心，今朝郁郁群贤荟，顺改革情势，多倜傥风流。

嵌名行业联

为刘广生沙发店拟联

广售无欺，主供沙发，保证价廉物美；

生财有道，倍珍信誉，定当心正气和。

为棉帛成衣店拟联

人情无厚薄，均借棉帛知冷暖；

岁月有寒暑，当添裳袗解炎凉。

姑父曾在《联语小序》一文中自说对于对联的平仄不很讲究，只求流畅达意而已，其余则顺其自然。然吾以为对联的基本规则就是词性相对、平仄协调，不讲究平仄就失去韵律美，也就不具有对联特征。因此，根据《联律通则》，在选录以上对联时，我对原作中平仄不相对及失替之处进行了修改。以上联语共六十多处字词，均在不改变原意的情况下，由我字斟句酌而拟定。四副多分句长联，则根据马蹄韵规则，对分句的顺序作了调整。除一处人名（小庆）该平却仄之外，全部符合对联平仄要求。这也是为着严谨起见，以免误导读者。

只是未能与姑父商榷，我自作主张了。姑父于二〇一三年去世，至今不觉已有六年了。其生前晚年多病，早早写下自挽联四副，其一曰：自古穷通皆有定，此生足矣；别时亲友已无缘，来世能乎？果然自灵堂一别，再也无相见！寒来暑往，音容笑貌渐渺茫，草枯草荣，唯有文字留存。桃李花开又清明，遥望青山问一声：姑父九泉之下，是否安好？

2019 年 3 月 20 日

（入编《邵阳对联故事》一书）

睦邻友好对对子

二十多年前，坐落在邵阳县九公桥尼江边的第三中学，曾是一所远近闻名的县立高中。姑父陈国梁先生就是这学校的名牌教师，声名远播。一九九五年之前老师们还没有家属楼，他们住在学校分配的教师宿舍楼里，每家一通间。紧挨着姑父住的伍镇华老师比姑父年纪大，对楹联有浓厚的兴趣，连能诗善对的姑父都称他"造诣甚高"。伍老师饭后茶余常到姑父家聊天，他多次出上联要姑父对下联。

有一次，伍老师说，他叔父曾出一联要他对：横吹笛子直吹箫，横直一根竹。伍老师对的是：东虹日头西虹雨，东西两座桥。

伍老师要姑父也来对一对，姑父先后想了四比：

上有父母下有儿上下三代人；今为主人昔为奴今昔两重天；

上浮白云下浮船上下两幅画；南来高朋北来友南北四方客。

他们的对句，乍一看似乎对得好，思路宽，仔细一品读就发现，其实出边很特别："横吹笛子直吹箫，横直一根竹"，用新韵来看全是平声，严格来讲，对边要全用仄声才巧。显然，伍老师和姑父对的五个对句都不理想。我于是没事就琢磨用全仄声来对，可巧竟得了三比：

反写士字正写干，反正两个字；

动是瀑布静是涧，动静两态水；

上有道观下有庙，上下两境界。

（长沙岳麓山就是这种情景。）

另外，还可以用"左右""远近""好坏""大小"等词进行构思。

有一天，大约是伍老师碰到了什么为难的事，他来到姑父家里说："左为难，右为难，左右为难难左右。"姑父是语文教师，略一思索，很快想到："上求索，下求索，上下求索索上下。""上下求索"对"左右为难"结构和语义上甚好，好则好矣，如果以对联末尾须上仄下平这个要求来衡量，姑父的对边没有落平。我今尝试再对一比："东买卖，西买卖，东西买卖卖东西。"

临近期末，面临考试，伍老师和姑父谈起学生只顾玩耍，不见紧张复习迎考的动静，伍老师出了个上联："大考大耍，小考小耍，不考正耍。"

姑父对的下联是："多种多收，少种少收，没种无收。"其实，伍老师出的上联又有点特别：全是仄声。下联要用全平声才巧。我根据姑父对的下联，进行改动，得这样两个下联：

多耕多收，没耕没收，勤耕丰收；多劳多得，没劳没得，辛劳常得。

夏天雷声轰轰，一场暴雨过后，伍老师兴冲冲来到姑父家说对联了，他说："雷霆霹雳震雲霄。"七个字都是"雨"字头。姑父对下联："江河浩荡涌浪涛。"七个字都是三点水旁。伍老师说："你对得还可以，不过对联刊物上对得比你对得还要好。"姑父说："那自然，我不是对联专家嘛，你可不可以把那最好的下联念给我听。"伍老师说："嘿嘿，不告诉你，不让你学乖。"他俩都开心地笑了。我们至今还是没能知道那对联刊物上最佳的对句是什么。姑父的对边确实不工整，"霹雳"是名词，他对的"浩荡"是形容词，且平仄也不对。"雷霆霹雳震云霄"收尾是平声，应作下联。我现在根据姑父的思路用三点水旁的字对出上联：涛浪波澜冲海港。

还有一次，似乎是放了长假来复课，有寄宿生报告说放在寝室里未带回家的被子不见了。伍老师对姑父说："我将出一副最难对的对子让你对，看你对得起吗？"姑父说："很可能对不起，不过学学乖也好，你出吧。"伍老师说：

被被盗盗，冬夜难熬太可怜。

"被被盗盗"是说被子被盗贼盗偷去了，这是一联中同词多义，的确很难对。姑父说他绞尽脑汁凑了几副下联都不满意。其中比较有意思的两联是：

少少衣衣，血气方刚何怕冷。

锁锁闩闩，坚墙厚壁不得入。

我觉得姑父已经对得很巧了，亏他想得到。"少少衣衣"是说少年人少了点衣服穿，不过后半句平仄不相对，我现修改如下：

少少衣衣，青春正旺何忧惧。

"锁锁闩闩"是说把门外边用锁锁好，里边用闩闩好。我觉得这句可以把它单独作为一个上联，我另对一句做下联，变成这样一副对联：

锁锁闩闩，坚墙厚壁不得入；

钻钻钉钉，铁路钢桥俱可成。

"钻钻钉钉"是用钻子钻、用钉子钉的意思，而且"钻"作动词是平声，"钉"作动词是仄声，上下联平仄对得刚刚好。写到这里，不禁深深感叹汉语言文字的精妙。这些奇巧的对联，恐怕外国人用三个脑袋也想象不到吧。

其实姑父对自己对的对句都不满意，每次都要伍老师说出"标准答案"，伍老师都笑而不语。姑父就佯嗔道："对这种鬼对联磨脑筋，纯粹是文字游戏，即使对上了也没什么意义。你看你自己对的那一副'横吹笛子直吹箫，东虹日头西虹雨'上下联风马牛不相及。有用吗？"伍老师一本正经地说："有用。发展思维能力，练习文字功夫。"

2019 年 3 月 23 日

（入编《邵阳对联故事》一书）

寓教于联情义在

情思应是飞天马；实践当如拓地牛。

为官先访双清水；立业再游状元洲。

这是姑父陈国梁先生勉励学生的两副对联，是在学生毕业时赠给全体学生的。这两副对联语言朴实却语重心长，谆谆教诲之意蕴藉其中。你看第一副，运用比喻手法，一个"飞天马"，一个"拓地牛"，教育学生人生应将浪漫与踏实结合起来。第二副对联巧借两个地名"双清水"与"状元洲"，一语双关，教育学生从政要清廉，创业占鳌头，几多期望、告诫和鼓励尽蕴含在十四个字中。

姑父作为语文教师喜欢对联，寓教于联是他的拿手好戏。姑父的两个孙子自小天资聪颖，大孙子紫薇四岁时能与大人对弈，且有赢。姑父对他寄予厚望，心想，这么好的天赋，如果又加特别勤奋，何愁不出类拔萃。他恨不得孙子从小就像他教的高中学生那样紧张学习。殊不知所有孩子都有玩耍的天性和需求，他见孙子好玩耍，曾以恨铁不成钢之心严厉责罚过，责罚之后仍不忘用对联来教育。姑父的对联集中有"告孙儿紫薇、紫辉"两联：

聪明虽是三生幸；懒惰终将万事空。

只望花开结硕果；莫贻叶落恨秋风。

这两副对联语言通俗明了，告诫之意中似乎隐含姑父的担忧。最终儿孙还是按自己的方式优秀着。不过，他的殷殷关切之情会被儿孙铭记于心。

记得当年在姑父家拜年的时候，姑父饶有兴致地跟我们讲起他的外甥唐海洋的故事：唐海洋长得一表人才，却游手好闲，不愿吃苦干事，总想钻轻松门路赚钱。一年到头没正经做过事。家中长辈担心他这样下去，不能自力更生，何以成家立业？他的母亲为此感到烦恼，多次请姑父好好教育这个外甥。好在他谈对象、结婚很顺利。

姑父当时笑声朗朗地说："这个唐海洋呢走了桃花运，他找的这个对象不仅人漂亮，性格温柔，喜欢他，而且能包容他。家中大家讲起唐海洋有许多的不是，她总说'他还好啊'。说来也怪，唐海洋自从结婚后就一步步扎正了。他结婚时我撰了三副对联送给他。"唐海洋的扎正，是由于爱情的力量，还是自身的成熟，抑或是他舅父对联的教育？或者兼而有之不可知。姑父送给他的对联是：

成家非易东游西荡无法东成西就；

立业不难女俭男勤方能女爱男欢。

好夫君以能事亲养家为好；

贤妻室因善相夫教子称贤。

夫妻份上多几分爱意；

父母膝前尽一点孝心。

你看，这老夫子的口气，哪像结婚时送的贺婚喜联，言语中几近说教，也许只有对亲人才这样用心良苦吧！

二〇一四年九月我调入塘渡口镇中学任教，我教的 281 班有个女学生叫唐柳丝。有一天，唐海洋的母亲来到学校找唐柳丝，见到我（在姑父家认识）很兴奋，她说："丝丝是我的孙女，就是你姑父讲的那个唐海洋的女儿。我们也算是亲戚了，请你帮我多多教育。"这个唐柳丝真的人如其名，生得如花似柳，字写得好，文章写得好，语文成绩还可以，这些都来自这方面的天赋，可对于数理化等需要下苦功的科目，她就不管了，因此总成绩不见得好。奶奶反映她做起事来拈轻怕重。于是，我也学着姑父的那一招，给学生写嵌名联。我给唐柳丝写了这样一副嵌名联：

垂柳感春早，古来多赞语；绿丝沾雨柔，随处可生根。

同时还送给她一首诗：

咏柳赠唐柳丝

絮絮飞花异众芳，垂条拂水钓春光。

芊丝袅袅休嫌弱，柔弱从来韧性长。

我不想像姑父那样直言不讳地教训，我想用形象的语言含蓄地暗示，希望她性格中多一点柳树那样不择条件生存的品质。但不知她能领悟出来吗？

2019 年 3 月 27 日

（入编《邵阳对联故事》一书）

第四辑

静坐芸窗忆旧时

静坐芸窗忆旧时

三十年前，月亮仿佛比现在更纯净，光华如银似水，从一座百年老屋的破窗子里照进来，真的是蓬荜生辉。一个少年在积满尘埃的木楼上，就着一盏油灯读唐诗故事。她手中的那本《唐诗故事》已经很破旧了，可是书页上那一个个漆黑的字，却不会变旧。一行行诗句，一篇篇故事，在灯下发亮，吸引了少年的整个身心。月光不时把"轰轰"的流水声带到她耳边。原来村子前有个大坝，水从坝里轰然流下，形成小瀑布。白天似乎没听到瀑布声，而在静夜里，它仿佛专为这个读书的少年伴奏似的。

这少年就是儿时的我。

古联云："书林漫步得奇趣，学海遨游贮大观。"我于这"书林漫步得奇趣"是最有体会的。从识字起就爱上书，与书一起发生的故事至今难忘。中学时期，同学王秀珍借给我一本《唐诗故事》，这本书将唐诗和故事结合在一起，并配有资料性的插图，书中每一首唐诗都有注释和翻译，还有与此相关的历史背景、事件和作者的生活故事，诗能读得懂，故事又有趣。所选诗歌都是唐诗名篇，字字珠玑，读来如饮甘泉。

这是栗斯所编《唐诗故事》第一辑，围绕兴庆宫、大明宫、安史之乱等古迹和历史事件，着重介绍了三大著名诗人李白、杜甫、白居易的诗歌，如杜甫的"三吏""三别"、《丽人行》《兵马行》，白居易的《长恨歌》等，许多唐诗名篇我都是最先在这本书中读到的。记得读《长恨歌》时，从"回眸一笑百媚生，六宫粉黛无颜色"到"宛转蛾眉马前死"，到最后"此恨绵绵无绝期"，随着情节变化，心如水波荡漾，生出无限感慨。

我如饥似渴地读着这本书，有空就抄，想把书中的好诗都抄下来。同学见了，就说："你这么喜欢，那就送给你吧。书是我爸爸的，反正我们都看完了。"我简直欣喜若狂。那本书在当时就已经很旧了，我还是非常珍惜，拿回家一页页抹平，一页页品读，沉浸在诗文中，就像蝴蝶徜徉在百花中一样陶醉惬意。

中国的唐诗，至纯至美的艺术，它的魅力经久不衰，它给人带来的心灵滋养和精神享受，如同天空一轮永远的月亮，随日月而常新。二十多年后，我在书店遇见《唐诗故事》一至四辑，全买下了，同学送我的那本旧书仍保留着。

读初三时，同学王建蓉带了一本《少儿古诗读本》到学校，我见到这本书的感觉，就像经常吃糠粑腌菜的人，突然见到香喷喷的米饭一样，顿时激起了强烈的欲望！这是一本真正的少儿读物，崭新的，鲜亮的，太美了！封面图案是浅蓝的天空闪烁着几颗星星，还挂着一弯黄月亮。更吸引人的是书中有彩色插页，有人物、花鸟、山水等图画。同学们都围着在看，我趁机看了标价：0.53 元（版式比一般的书略微窄短些）。我太想拥有这样一本书了！在这之前，我一直读的是大人看过的破损的旧书，有的甚至无头无尾或中间缺页。

我想了很多天，于是开始进攻。第一天，我对王建蓉说："这本书你看完了，是吗？"她说："是啊，你要借呀？"我说："不是，我想买。你能不能把这本书卖给我？"她没料到我要买她的书，本能地拒绝了。第二天，我找她讲好话，她有点为难，说："这本书是我爸从厂里买回来给我姐弟三个看的，你看这上面还写有我姐弟三人的名字。"我一看，是真的，而且是大人的字迹。这一下，我自己也觉得不忍心强求，夺人所爱。但我又不甘心放弃。第三次，我再看见这本书的时候，不知哪来的灵感和勇气，我冲上去对这位同学说："这样吧，我给你六角钱，就不用找钱给我了，下一回让你爸再给你姐弟买本新的。你爸可以买到这样的书，可我买不到，就算帮我一个忙。"我趁她还在愣着的时候，就把一直捏在手里的六角钱塞到她手里，自作主张地把书拿到了……

我得到了这本书，如获至宝，每天带在身边，一首首地背，甘之如饴。

我那时放学后回外公家，须步行六七里，在放学的路上，我旁若无人，走走停停，边走边背。在外公那乌黑的屋子里，我只要拿出这本书来，就觉得给整个屋子增添了亮色。外公坐在炉火边，眯着眼睛看我读书，我想，那个时候，他一定是感到了幸福。他说，家有读书人，必定不久贫。

我考上湖南一师后，这本书放在家里，就归弟妹读。我不知他俩是怎么读这本书的。我毕业后有一天在家整理旧书，重新见到这本书，倍感亲切。它保存完好，只是封面磨损了些。翻开来看，只见扉页上王建蓉姐弟三人的名字还在。又见在封底、书口等处，弟妹用不同的笔迹写上了我们自己姐弟三人的名字，不禁哑然失笑。他们在书的空白处又抄了一些古诗。我结婚后，把儿时读过的书都带去了，其中就包括这本。等到儿子上小学了，有一年暑假，我心血来潮把这本《少儿古诗读本》翻出来，让他每天从中抄背一首诗，仿佛这本书有什么秘籍似的。

使我至今念念不忘的还有《再生缘》一书。这部书是清代弹词，全书用诗句写成，以七言为主，杂以长短句，辞藻华丽，音韵优美，正合我的口味。开卷就是七言诗："静坐芸窗忆旧时，每寻闲绪写新词。纵横彩笔挥浓墨，点缀幽情出巧思。"最吸引我的是，书的作者叫陈端生，是位女性，书中的主人公孟丽君也是女性，才华横溢，智勇双全，女扮男装，考状元，坐朝堂，那种威仪使我向往。不知是我天性向往不平凡，欣赏孟丽君这种个性，还是读了这本书受到影响，变得心性很高了？

全书分上、中、下三册，是爸爸从厂里带回来的。可惜中册被妈妈借给村人弄丢了，我实际只读了上、下两册，中间最精彩的部分没读到。

我一直想着要把中册找到。有一天，妹妹告诉我，她在小溪市供销社看见有这样一套书。于是，我俩趁着去外公家的机会特意跑到供销社，想把中册买到。可是售货员说，要买就买三册，不能分开卖的。一问价，六元钱。这对我们来说太贵了！我和妹妹在供销社徘徊了好久，最后恋恋不舍地离开了。可自从失去这次机会后，我再也没见过这套书，越到后来越后悔。

二十世纪九十年代初，有一次我到村友王红云家玩，无意中瞥见她家书柜中，摆着两本《再生缘》，我的心突然激动了，飞快地盘算着：她也只有两本，可不可以买一套别的新书换她这两本，这样我的书就配齐了！我想好主意后，凑近书柜仔细一看，她的书也是上、下两册。我就问："你这套《再生缘》的中集呢？"她说，这书原是她爸爸的，中集被人借去弄丢了。我在心里暗中嘀咕：怎么就这么巧？

近年来，我多次在网上搜索，始终没找到这种版本的《再生缘》。如今兴起国学热，我倒认为《再生缘》是普及国学的好读本，出版社可以重版这部书。这比印刷那些改编后的无聊小说要有价值得多。

在我那众多精美的藏书中，有两本看起来毫不起眼的旧书，薄薄的，无论放在书柜的什么地方，都像是天鹅群旁的两只麻雀，灰头土脸的，很容易让人忽略。我对这两本书却是珍爱有加，在我心目中，它们不是普通的麻雀，而是形体很小的珍稀鸟类——蜂鸟。谁会知道它们有着不同寻常的经历呢？两本书都是繁体字，都是泰戈尔的诗集。其中一本书名为《游思集》，有完整的书皮，绿色的封面上有一个印度舞女的图案。

上海文艺出版社一九五九年出版，汤永宽译。全书六十六面。另一本全书六十七面，内容完整，原来的书皮没有了，用牛皮纸做了个书皮，用蓝色圆珠笔题写了书名"园丁集"三个字。译者和其他出版信息都没有。

这两本书是哪里来的呢？在《游思集》的封面上印有编号：04794，扉页上有个清晰的印章：湖南省第一师范学校·图书室。也就是说这两本书是我当年从第一师范图书馆借来的。——一直"借"到现在。在一师期间，我对冰心和泰戈尔的诗入迷，我从图书馆借到这两本书后爱不释手，书中的诗句令我陶醉。我到长沙各大书店，陆续买了泰戈尔的《新月集·飞鸟集》《采果集·爱者之贻》《寂园心曲》等诗选集，就是没发现有《游思集》和《园丁集》的内容。毕业前我们必须归还所借的书。还书的前一天，我又到几家书店看了，没有找到可以代替这两本诗集的书。于是，我对管理员说，这两本书我丢了，我愿意赔钱。管理员说，要加倍赔偿的呢。我说愿意。管理员查到借书卡，一看标价：0.22 元、0.20 元。她严肃地说，不行呢，这两本书是老书，孤本，那个年代的标价，现在没有这种版本了，很珍贵的。丢了的话，要照十倍的价赔偿。我说我愿意。管理员沉默了片刻，别有意味地看着我说："你这个同学呀！爱书的人怎么会丢书呢？……好吧，你照十倍的价赔钱吧。"

这两本书我一直珍藏着。近日又找出来翻看，发现《游思集》的扉页和末页还有两个模糊的印章，仔细辨认，认出是"湖南工农师范学院·图书室"，《园丁集》的扉页和末页各有一个椭圆形的印章，繁体字，仔细辨认，认出是"湖南工农速成中学·图书室"。原来这两本书记载着历史的密码，怪不得当年图书管理员对它们的"丢失"感到十分惋惜。

在《园丁集》的最后一章，泰戈尔对我们说："一百年后读着我的诗篇的读者啊，你是谁呢？我不能从这春天的富丽里送你一朵花，我不能从那边的云彩里送你一缕金霞。打开你的门眺望吧。从你那繁花盛开的花园里，收集百年前消逝的花朵的芬芳馥郁的记忆吧。在你心头的欢乐里，愿你能感觉到某一个春天早晨歌唱过的、那生气勃勃的欢乐，越过一百年传来它愉快的歌声。"

是的，我感觉到了。我读到了百年前的那颗心。

现在我想，如果有那么一天，有那么一个美好的理由和机缘，我愿把这两本书回赠给湖南一师。我愿让这两本书因我收藏过而倍显珍贵。

2013 年 3 月

（此文参加"源创图书杯"对我影响最大的一本／几本书征文活动，获三等奖）

名之往事

弟弟名叫王丽君。他的乳名立军是外婆取的。当然，外婆只给了名字的读音，汉字中，相同的读音可有多种写法。

一九八二年九月一日，正是秋季开学的第一天，我和妹妹早早地吃了饭，拿了学费去学校报名。走到家门前的小桥边，忽然，我的脑海里闪现一双眼睛，那双眼睛里充满渴望的神情，巴巴地望着我和妹妹出门去上学。这是刚才，我和妹妹从家里出来时，弟弟在门口默默地目送我们的情景。是的，今天是九月一日。妈以往很看重这一天，因为这是开学第一天，妈说读书就要争先，读书报名要赶头日子。这个日子，弟弟在暑假就盼了很久，他今年已满七岁，应该开蒙读一年级了。

我想起我七岁开蒙那一年，九月一日这天，妈妈特意杀了公鸡，做了几样菜，菜中放了葱（寓意"聪明"），菜上桌后，备了酒、饭，敬了天上文曲星、地上孔夫子。这相当于举行了一个庄严的上学仪式。如此郑重其事，以至在我心中，从报名那天起，就把上学读书看得很崇高，从不敢轻忽怠慢，所以我的成绩总是名列前茅。

可是今天……爸妈一直闹不和，他们沉浸在悲伤之中，全家人整天都不说话。我和妹妹的学费是前几天瞅准了机会向爸妈要的。早上，我和妹妹自己吃了饭，从家里出来时是一声不响的。为了让弟弟开蒙读书得个好兆头，同时也不想打扰爸妈，我对妹妹说："小丫，你回去带弟弟今天去报名，跟老师讲清楚，学费过一两天再交。我得赶快去学校，要迟到了。"那时，我在河口中学读初中二年级，学校离家有九里路。妹妹在我们活水村的村小读三年级。

下午放学回家后，我想起一件重要的事，我问妹妹："你给弟弟取个什么学名？"她说："就叫王立军。我把我的学费给他交了，我自己没交学费，跟老师讲好了。因为弟弟是新生，我怕不交学费不算数，领不到书。我是老生，不怕的。"我一听顿时感到一种出乎意料的惊喜，夸她这件事办得好。没想到她想得这么周到，我在心中暗暗赞叹她的能干。这件事，我一直把它看成是我们童年经历中具有重要意义的一件事。其真正意义不在于九月一日报了名，而在于这一年，弟弟如果错过报名机会，就要晚一年上学，会影响他的学习生涯。

弟弟上小学期间，我在第一师范读书。他曾对妈说："等大姐一参加工作，我就要到她的学校去读书。"我想他那小小的心大概和我一样向往外面，受不了家中那郁闷的气氛。我每次放假回来，看见他面容消瘦、神情抑郁、沉默寡言，心情不由得沉重起来。我默默地翻看他的书本或字典，只见上面写的名字五花八门，有的是"王力军"，有时又写成"王利军"或"王立君"等。那个年代，我们的名字是根据读音随意写的。所幸的是，我毕业后不久就成家了，我的家就在县三中，我们将弟弟转到三中旁边的镇中学就读，和我们一起吃住。他毕业的那一学期，有一天放学回家对我说："姐姐，老师说从现在起，名字的写法要固定，不同的字代表不同的人。你看我的名字写哪两个字好？我参加中专考试，明天要报名字上去。"我不假思索地脱口而出："就写美丽的丽，君子的君。"

弟弟初中毕业考上湖南省林业学校。他在林校读书期间写过一封这样的信给我，信中说："姐姐，我想把我的名字改成'力钧'。'丽君'是女子的名字，那是你们女子所喜欢的。我是男子汉，不求美丽，但当有千钧之力。"我想，他的话不无道理。曾有那么一瞬，我的心掠过一丝不易察觉的歉疚。的确是我自己喜欢"丽君"这两个字，首先，我觉得这两个字很美丽，含义也很好。我偏爱这个名字，还缘于我少年时读过的一部小说《再生缘》，作品中的主人公就叫孟丽君。这个孟丽君女扮男装，中状元，坐朝堂，智斗皇上，除奸惩恶，救出未婚夫，最终与自己的意中人结成伉俪。儿时的我不止一次被孟丽君这个形象所激励。

弟弟从林校毕业参加工作后就办了身份证。有一天，我无意中看到他的身份证，只见身份证上分明印着"王丽君"三个字。我惊疑地说："你不是说过要改名字吗？怎么……"他沉静地说："哦，后来我想过了，名字，其实不要改。况且我的名字是姐姐取的。"我突然感到一阵莫名的激动，一时多少往事涌上心头。呼名忆旧事，感怀思故亲。童年已逝，童年的故事，我却不愿它像浪花似的，在岁月的河流中闪耀，复又消失于岁月的河流之中。正如林海音在《城南旧事》中写道："我对自己说，把他们写下来吧，让实际的童年过去，心灵的童年永存下来。"

我记得大约是弟弟已上小学三年级的时候，有一天我和父亲在家里，沉默了许久之后，父亲突然对我说："其实，你弟弟的名字我早就取好的。"

我诧异地说："是什么？"父亲一字一顿地念着："王——昶——彧。"我觉得非常陌生，这从没听过的名字。我拿来字典，按读音翻到那一页，父亲从字典里分别找到"昶"和"彧"，指给我看。我端详这两个字，读着它们的解释。昶，白天时间长；舒畅、畅通。彧，有文采。我读了很久，仍然觉得陌生，无法把它们跟弟弟联系起来。我默默地合上字典，它们又重新回到字典里去了。我为这两个字感到深深的遗憾，它们没能成为一个男子的名字，尽管它们的含义美好，正配得上这个男子。我的心仿佛被这两个字刺痛，父亲和母亲感情不和，父亲给弟弟取了名字都没讲出来。可叹咫尺作天涯，寸心忧来谁共语？

弟弟十九岁参加工作，在偏远的河伯岭林场工作了十年之后，找到了如意伴侣。他结婚时，所有亲人都感到无比幸福，我爱人为他拟了一副嵌名联，以示祝福：

相伴丽人，白头偕老三生幸；

比邻君子，春意长留四季欢！

爱情的智慧

在我结婚的头两年里，我的脾气很暴躁，经常随心所欲地使性子。我的爱人总是以宽容的心来融化我的不良情绪。他像大地接受天上的狂风暴雨一样，平静地接受我的情绪风暴。每一次怨怒发泄之后，我的心里就像渴热时喝了冰牛奶一样清爽舒坦。这个时候，我就变得格外温柔，恨不得把我整个的人放在他手心里。

啊，如果你是大地，我就是天空。我心中的痛苦烦恼不洒向你的胸怀，又洒向何处呢？

我的爱人名叫陆高产，个子很高，年龄比我大五岁。有一次，我带着挑衅的意味对他说："你除了个子与年龄比我高之外，还有什么比我高？"他知道我很自负。他想了一会儿说："如果是这样的话，我至少有一样比你强。"

"是什么？"

"那就是我找的对象比你找的对象强。"

我不由得大笑起来。

从那以后，我再也不感到有什么不满意的了。而且，从那以后，我再也不跟自己的爱人比高低、争输赢。

两个人一旦结合在一起，就你中有我、我中有你。否定对方，又意味着什么？

有一次，男人们在一起谈论着女人与老婆的话题，有人一本正经地问我爱人："假如给你五十万，你离不离婚？"

他响当当地回答："不离。"

"哇！"他的回答顿时引起了轰动，大家七嘴八舌："五十万元，可以找好多老婆呢？"

"那有什么用？"

"难道你的老婆是金子做的？"

"不是。"

大家认真起来，非要他说出个所以然来。

他说："爱情也好比农民种阳春，春种夏耕秋收。季节不可逆反，种子落地就是金。比如一个农民到了春耕季节，他将自己仅有的黄豆种子播下去，当豆苗茂盛的时候，他找到了花生种，忽然觉得种花生好些，于是拔掉豆苗，重新播种。收获季节到了，当别人种瓜得瓜、种豆得豆的时候，他的园里还只见青苗，没有结果。"

他又说，爱情婚姻不能同金钱混为一谈，一个人离不离婚应该由婚姻本身的情况决定，而不能受外界因素影响。就他自己来说，如果婚姻是合适的、美好的，给再多的钱他也不离婚；如果婚姻本身不合适，没人给钱甚至倒贴钱也要离。幸福的婚姻是金钱买不到的，也是金钱不能代替的。我由衷佩服他的真知灼见，只叹古往今来多少浅俗之人把婚姻当筹码。

"五十万元不离婚"的笑谈传开后，我周围的人突然对我刮目相看，仿佛我是十分了不起的人物。而我自己知道这件事后，心中涨涌起的幸福感与自豪感是任何女人都无法想象的。我觉得自己是最聪明的，只有我才有这样的眼光找到并拥有这样的男人！

有一天，我在《读者》杂志上读到这样一个哲理故事：一个男孩向智者请教怎样才能使自己变得有价值。智者随手从地上拾起一颗普通的石子，交给男孩，并告诉他拿到街上去卖，无论别人出多少钱都不卖。男孩就照智者说的去做。开始有人抱好奇心理出一文钱，他不卖。于是就有人加价。第二天，他又来到原地，有人出一百文钱，他仍不肯卖。后来，人们觉得那颗石子一定非同寻常，竟出价一千文！小男孩明白了：自我珍惜，千金不易，便价值连城！

我的眼里涌出了眼泪，我觉得我的爱人就是一位崇高的智者，是他的珍重，使我变得高贵。他在我心目中有着至高无上的地位！我的爱情值得我用生命去维护！

室有芝兰传异香

李清照词曰："枕上诗书闲处好，门前风景雨来佳。"这种恬淡的心境及娴雅的诗书之乐，我们一家也常常体味到。

父亲生性耿直倔强，不喜捧场，倒有那么一点侠肝义胆，好济贫扶弱。他退休前是一位煤矿工人，说自己一生"从未曾锦上添花，却总是雪中送炭"。他的生活可用一副对联来概括：

> 忙里有余闲，临水登山且觞咏；
>
> 身外无长物，粗茶布履兼棋书。

父亲爱好文学，常以吟诗作对为乐，我们年青一辈都受到熏陶，沾了一点"文学味"。

有一年夏天，我和儿子在野外玩，我扯了一把马齿苋拿回家，父亲见了，随即出了个上联："马齿苋。"我知道他想以此对我儿子进行对联启蒙了。正好儿子扯了一把狗尾草在手里，他对道："狗尾草。"我说："下联的末尾应是平声，不如对：'鸡冠花。'"儿子爸说："还可以对：'龟背竹。'"儿子一下子来了兴趣，他说："那还不容易，还有凤尾竹、猴头菇、蟹爪菊、龙舌兰……"说得我们都笑弯了腰。父亲说："汉代有位大将名曰霍去病。"我立刻会意了，说："宋朝有个词人叫作辛弃疾。"父亲又出一联："落花生，花落生花生。"我们想了许久对不上来，在吃饭时我爱人看到开口笑酒，突然想出这样一联："开口笑谈开口笑；落花生长落花生。"父亲兴致很高，又即兴拟了一副拆字联：

日在东，月在西，天上有光明；

女居左，子居右，人间真美好。

我家的老屋据说有百多年历史了，是当年从地主手里分下来的。我很小的时候就有人劝父亲把那老朽的房子改建一下，父亲说："处心谋福，莫若清心养性；花钱造屋，不如送子读书。"那房子到底没改成，我们姐弟三人陆续完成学业，参加工作，曾劝父母搬出来跟我们住，父亲执意不肯。2000 年春节，正值妹妹新婚，我们大家都相聚在老家跟父母一起过年。父亲拟了一副春联：

老屋住人身体好；柴火煮饭味道香。

弟弟回顾父母含辛茹苦养育我们的艰难经历，几许感慨，几多欣慰，他也拟了一副春联：

百年老屋经风雨；千禧新春沐日晖。

我们这个乡叫小溪市乡，我们这个村子叫活水村，外公所在的村叫大田村。除夕之夜，阖家围坐在火塘边，父亲出了个这样的上联：

饮活水，吃活鱼，个个生龙活虎。

妹夫反应最快，他首先对道：

耕大田，产大米，村村高楼大厦。

妹妹对：

> 吃蜜糖，度蜜月，双双甜言蜜语。

我爱人说"蜜糖"不是一语双关的地名，还不为巧，他对的是：

> 贴瑞金，赏瑞雪，家家祥云瑞气。

他们对的下联用语自然，可末尾四字都不符合对联的平仄规范。我一时没对出下联，就另想了一副：

> 活水村，水为奔流成瀑浪；小溪市，溪之向往在江河。

我们的儿子名叫陆泽湘，我们经常教育他，人要有志向有志气，做事要有毅力有恒心。在他生日的时候，我在给他的生日贺卡上写了这样两副对联：

> 大泽蛟龙待迅雷；楚湘才俊有奇志。

> 立志为根，专心致志方成大器；持恒守本，行事有恒还赖深思。

儿子好社交，我们担心他交友太杂，影响心思，浪费时间，希望他耐得住寂寞。有一次周末他玩到天黑才回家，满头大汗。一进屋，他爸问他干什么去了，他说跟同学玩。他爸生气地说："林中乔木自独立，篱畔乱藤互纠缠。"骂人也用对联，令人忍俊不禁。为了教育儿子，他爸又写了三副对联：

> 立志何须言霄汉；躬身或可上青云。

> 黄金不以稀改色；秋稗常因瘪致青。

> 石无杂念方成玉；蚕梦飞翔乃化蝶。

儿子跟着我们耳濡目染，也爱上了对联。有一次，我们到邵阳市在水府庙玩，儿子爸出了个怪联：

> 水府庙里半里路，小路。

九个字全是仄声，且两个"里"字意思不一样，一为词缀表方位，一为量词，当时我们都没对上。后来转到青龙桥，儿子看到桥两头各有一个石犀牛，立即对出下联：

> 青龙桥头两头牛，犀牛。

可谓巧对。儿子说他们有一次语文考试，有一道对对联的题目，上联是：

> 醉翁亭中，欧阳修与民同乐。

他对的是：

> 岳阳楼上，范仲淹为国分忧。

得到了老师的称赞。

是的，我觉得语文教学中应该有"对联"这么一课。对联是汉语言文化的特色和精华，是世界独一无二的语言艺术，我们怎能不把它发扬光大呢？对联与中国人的生活关系太密切了！我们的春节，民间的红白喜事，所有的文化活动，大至山水楼台，小至茶室店铺，无处不用对联。但我记得我上学时语文学习没有对联的内容，我从教的前十年，教材中也没有渗透对联文化，对联这颗中华文化的瑰宝仿佛要随同毛笔字一起退出读书人的学习生活。可喜的是从二〇〇二年教材改版后，教学中"关注"了对联这种艺术品类，并重视用传统文化浸润学生的心灵。

我个人对于对联的爱好主要来自家庭的影响。小时候住在外公家，跟外公到井边挑水，外公会悠然地说：

> 水桶漏出船漏进；　油灯吹灭火吹燃。

暑假跟外公到田间割禾插秧，外公兴趣盎然地说：

> 稻草扎秧父抱子；　竹篮提笋母怀儿。

上中学时，父亲有十来本对联书，我都一一读过，书中那些有趣的对联令我过目不忘。每年春节，父亲都亲自书写对联贴在门上。如：

> 芳草春回依旧绿；　梅花时到自然红。

我们平时以读书吟诗写文章为生活乐趣，不经意间凑成了近百副对联。二〇〇七年春，我调入红石中学任教。这是个农村学校，坐落在一条小溪边，四周是田野，校园内有两棵茂盛的石榴树，一到夏天，便火焰般燃烧，我曾被那种生命力所感动。在一次演讲活动中，我撰写了这样一副对联：

> 一湾流水，两树石榴，三尺讲台，且听琅琅书声入田垄；
>
> 万里鹏程，千家忧乐，百年大计，喜看棵棵幼木成栋梁。

我们在自家书房里贴上自拟的对联：

> 心无尘垢惹烦恼；室有芝兰传异香。

我希望这"芝兰之香"代代相传。

（载于《湖南教育》2009 年 7 月中旬刊）

外婆的铜锁

儿时的记忆中，外婆有一把锃亮的铜锁。那近似长方体的厚重的铜锁，配有一根纤细精巧的铜钥匙。外婆出门时，将门锁好后，随手把钥匙塞进门槛旁的砖缝里或者窗户上。我说："外婆，为什么不把钥匙带在身上？"外婆说，只有把钥匙放在离锁最近的地方，才不会丢失。那个年代，是一把钥匙配一把锁，在那偏僻的山村，如果钥匙弄丢了，就没有地方配。因此，这唯一的钥匙必须与锁紧紧相随。

祖辈们懂得，最好的防丢失的做法，不是随身携带、时刻提防，而是用最放心的方式，放在一个只有自己知道的最平常的地方。

外婆的铜锁以及藏钥匙的方式，仿佛一个神秘的暗示，深深印入我的心里，使我总是若有所思。

在我长大的那一天，你第一次领我到你家，我惊讶地发现，你家的泥砖墙跟外婆家的一模一样，还有同样的木门和木窗。你家的柴火灶，跟外婆家的柴火灶欢笑着同样的火焰，升腾着同样的炊烟。连那灶台和灶屋也是一样的乌黑。

更让我惊奇的是，你的母亲也有一把外婆那样的铜锁，出门也不携带钥匙，也是随手将钥匙放在门角落。

　　于是，我看上了那把铜锁。

　　我暗中揣想，这一定是神灵在启示我，有铜锁的地方，就是我的归宿。

　　我说，如果铜钥匙丢了，怎么办？你说，那这把铜锁就只好永远沉默，没有别的钥匙能打开它的心。后来，你成了那把铜锁，我就成了你唯一的铜钥匙。

　　时光飞逝，岁月悄悄地改变着一切。有一天，我们发现，我们的周围都换上了防盗锁，而我俩依然还是那把原始的铜钥匙配铜锁。我说，我们落后了。你说，有一种落后是智慧，大巧若拙。

　　其实防盗锁并不防盗，盗从自心起，祸福无门，唯人自招。现代社会，盗版的钥匙太多，锁的心与眼俱受迷惑，在似是而非的钥匙面前，看似先进的锁，一不小心就失去了自我。

　　日子在不断翻新，变换着花样。我俩却继续沿用先祖流传下来的铜锁配铜钥匙的方式，相互厮守着，用古老而简单的暗语开启，永远在门的地方相会，谁也不会丢失了谁。

（发表于《大渡河》2022 年第 2 期）

蓝　天

我怀念故乡的蓝天。

我爱仰望天空。高远的天空和那飘忽的白云，自古以来就是令人遐想的地方，是神话的发源之地。曾记得儿提时，在一个晴朗的日子，草长莺飞的季节，稻田里秧苗拔节的时候，我在故乡的田埂上，抬头仰望。我看见了一片无云的蓝天。碧空万里如洗，整个天空就是一块穹庐状的蓝色水晶，又如一块温润的翡翠，一块光滑而莹亮的冰。阳光暖暖地照着，天空似乎随时会融化而滴出蓝色的水珠来。啊，那纯净的、透明的蓝天，那纤尘不染的蓝天，看一眼就叫人俗念荡尽。那种美刻骨铭心。

我坚信只有在乡村才能看到这么美的蓝天。

我和我的同学还拥有另一片净美的蓝天。

蓝天，是一个富有诗意的名字，一个永远年轻的名字。念着这个名字，会使你心旷神怡。少年时代，我在第一师范读书。一个周末，我到湖南大学会见了初中时的同学，同学告诉我，他们在假期拜访了中学的老师。我们那个语文老师创作了许多诗歌，自编了诗集，并把自编的诗集赠给他们。老师给自己取笔名为"蓝天"。哦，蓝天，这个美丽的字眼深深印入我的脑海。

十八年前，我在九公桥完小任教。有一天，我浏览《邵阳日报》，看到一首署名"蓝天"的诗。我立刻被吸引住了，认真读起来，题目是"教师颂"。诗写道："以眺望之姿立于讲台 / 如立于甲板的船长 / 教室里风平浪静 / 随后，便是哗哗的水声 /……/ 潮起潮落，你 / 总以眺望之姿 / 立于讲台 / 成为祖国巨轮 / 甲板上的铆钉 /……"

我非常喜欢这首诗，当即将它抄在我手中的教科书的扉页上，我知道这就是我们那个富有诗人气质的语文老师写的。

读着这首诗，我的脑海里不由得浮现出老师的形象来，他真的喜欢"以眺望之姿立于讲台"，我觉得他的灵感就来自他自己的这个姿态。真是文如其人。老师个子高瘦，面容清癯，仿佛一根翠竹。他那时二十多岁，书生气很浓，秋寒之际，披一件风衣，风华正茂，风度翩翩。他上课时，总是高高地站立，翘首远望的样子，仿佛他面对的不是聚于一室之内的学生，而是辽远的大海。不论他的日子多么清贫，不论他在生活中遭受什么样的挫折和打击，只要站在讲台上，他就能讲得津津有味。这情景在当时曾使我产生一种隐隐约约的感动，觉得老师确实爱这门工作，是用心在教书。因而，他那飞扬的神采和清高的气质，就足以使我们专心于课堂。

读初一时，我们在山田冲学校，中小学在一起。我家离学校有五六里路。有一天，我迟到了。正好那天老师让我们写作文。我在作文中写道："清晨，我去上学，走在田间小路上，小心迈步，生怕踩落了草尖上的露珠；路过青绿的树林，听见鸟儿在树叶中对唱，我不由得抬头张望；一只蝴蝶从我眼前飞过，我伸出双手想将它捕捉……我忘记了时间，我迟到了……"没想到老师在我的作文后面写的评语是："我被你的文章感染了！"那时，我还不十分理解"感染"一词的意义，但我能从那个红红的惊叹号感觉出老师很欣赏这篇文章。我想，老师是大人了，还喜欢小孩儿的事吗？他为什么没教育我下次不要贪玩了？我由此觉得这个老师很有意思。

那个年代，人们戴斗笠遮阳避雨。凡会写字的人都爱在斗笠上用毛笔写上自己的大名，以明示斗笠的主人。有一天，一个同学饶有兴味地对我说，她发现老师在自己的斗笠上写着这样三个字：火正熊。我一听，觉得这三个字很有意思，极想亲眼看一看老师的这顶斗笠。我于是更加觉得这个老师有意思，同时也觉得对这三个字感兴趣的那位同学也有意思。

读初二时，我们中学生迁到了河口中学。河口中学坐落在高高的石崖旁，下临资江。当时学校只有一正一横呈"丁"字形的两栋半旧的泥砖房，六间教室，十分简陋。校舍旁陡斜的崖岸种着油绿的橘树，对面的小山坡上有一片桃林，周围有几户人家，环境倒十分幽静。我家离这儿有九里路远，老师让我跟初三学生一起寄宿。学生的寝室是借用附近老百姓的牛圈改建的。但我发现，就是在这样的环境里，师生们也其乐融融。老师都住校。放学后，一些老师在操场上打球。我们的这位语文老师呢，拿一个大碗斟满墨水，再拿出一支大毛笔和一叠裁好的红纸，分别用五种字体书写"学""习""园""地"四个字，然后让我们挑选喜欢的一种用来做墙报的刊头。我羡慕极了，心想，什么时候我也要用这么大的笔写这么大的字。又有一天，老师笑容可掬地拿出一本笔记本对我们说："你们要是真喜欢语文，就要像我这样，买一个笔记本，把看到的、听到的好词好句抄下来……"就在那个周末，我回家用零花钱买了一本巴掌大的笔记本。我如饥似渴地阅读一切可见到的文字，像蜜蜂采蜜一样把喜欢的词句抄下来。我在这本笔记本上记下了许多名言警句、诗词谜语、散文片段乃至《增广贤文》等。这本笔记本我一直珍藏着。直到现在，我每接手一个新班，都要在开学头几天讲述学语文的基本方法。每次，我都把我这第一本笔记本拿到讲台上向学生展示，并说："你们要是真喜欢语文，就要像我这样，买一个笔记本，把看到的、听到的好词好句抄下来……"

在河口中学读书的日子里，这位老师还给予我们许多有益的影响。放寒假时，他告诉我们如何利用空隙时间读书，他从大衣口袋里掏出一本书来说："春节里，我也要拜亲访友，我的办法是随身带一本书，有空时就拿出来读……"他说的"办法"已成了我长期以来的习惯。那时正是"升学率"抓得最紧的时候，老师们都争分抢秒地抓成绩，没有开展文娱活动的意识，但我记得他在学校组织了一些诗朗诵之类的活动。有一次，他让我朗诵的诗歌题目是"微笑"。他在课后一句一句指点我如何读出节奏和感情，那情景至今历历在目。这首诗中我印象最深的一句是："如果失去了微笑，人和兽就容易混淆。"现在想来这首诗或许就是他自己写的。

　　我自一九八四年从河口中学毕业后，就再没见过这位老师。二十世纪九十年代，一个偶然的机会，我碰到他本家的一位堂兄，与他谈起老师。人家说："你的这位罗老师呀，一身秀才气，只知道吟诗作对，不善结交，他的个性跟不上时代，也只配教书。"近几年，我住到了塘渡口，有机会跟当年河口中学的老师和同学聚会了一次。得知河口中学并入小溪市乡中学后，那里的老师都陆续调进了县城，唯独不见他。老师们慨叹说："不知道罗锦旗老师现在到哪里去了，他好像失踪了一样。"我心里无端地泛起丝丝缕缕若有若无的怅惘。

　　令我欣喜的是，前不久，我从邵阳县诗联协会主编的《夫夷诗联》第三期中，读到署名"蓝天"的八副对联，总标题是"从教三十周年有感"。他写道："常论书山学海，放谈宝剑梅花。讲台上指点江山，几有帝王气象；斗室中横流汗水，恰如一介书生。似淡似浓，教案中描画寰球经纬；亦真亦幻，讲台上演绎时代风云。……"我不禁心潮澎湃，激动万分。我们的罗老师，几十年来如一日，对教育事业如此痴情！他把当老师站讲台看得多么浪漫而神圣！恰是这种"个性跟不上时代"的人在讲台上"演绎时代风云"！

　　最近，我在《科教新报》上又读到署名"蓝天"的三首小诗，总标题是"教室里的风景"。这次，标题下有地址：邵阳县大田中学。啊，罗老师，我终于找到您了，我从您自己的诗中找到您。我将要在一个充满诗意的日子拜访您。您不会"失踪"的，凡有文字留传于世的人永远不会失踪，正如李白，正如屈原。

大田中学是一个比河口中学更偏远的乡村学校。步入知命之年的罗老师在教室里欣赏到这样的"风景"：

讲台——三尺讲台 / 引豪情万丈 / 老师在上面 / 撒一把种子 / 数年之后 / 就是遍地栋梁

黑板——天亮很久了 / 明亮的教室里 / 尚有一小块夜色 / 理想与梦正在那里生长 / 老师以粉笔探路 / 一笔一画 / 闪出点点星光

课桌——虽然来自山野 / 却无山野之气 / 方方正正 / 恭恭敬敬 / 像一群 / 专心听课的学生

读到此处，我情不自禁热泪盈眶！在晶莹的泪光中，我仿佛看见寂静的校园，学生散去，一个浑身洋溢儒雅之气的老师，独自面对课桌，诗兴大发。这位卓然独立的老师，为了使自己不与众人"混淆"，他把一生的豪气与才情结成了字！在这个物欲横流的社会里，多少人忙于利用职务之便捞钱牟利，而他却能甘于淡泊，诗意地生活，执着地爱着。他是一个真正的读书人，一个真正的老师，一个真正的诗人！

这是一片未被污染的蓝天！

（原载于《夫夷文学》）

好想种白菜

秋天没有提前发出通知，似乎还没有得到夏天的许可，就像一个不速之客，贸然来临，把秋凉洒在人们身上。几场秋雨，把农家小院的一畦白菜洗绿了，像接生婆把新生婴儿洗完澡，满怀欣喜地将它送到众人面前。上班途中，在淅沥的雨声里，我无意间瞥见了农家小院这一片碧绿的白菜。我的心像被茸毛撩拨了一下，顿生一股莫名的柔情蜜意。确切地说，我的心是被嫩绿的白菜叶片上的毛刺撩动了。我忽然产生种白菜的冲动。"头伏萝卜二伏菜"，在我眼前突然就绿了的白菜萝卜，实际上在三伏天就已下了种的，可惜这个季节我想不到种菜。

看见白菜就激动，看见地里生长着的青翠欲滴的蔬菜，就觉得有一种美感和诗意在氤染。我想这种感觉最初应该来自文字，那就是吴伯箫的《菜园小记》。读初中时，我们在课堂上学习这篇文章，只觉满纸绿油油的，仿佛那一行行文字就是文中所说"条播的"绿色的菜芽，"带着笑，发着光，散发出淡淡的清香"。作者说：一畦菜怕不就是一首更清新的诗？我由是对课文中描绘的情景十分神往。从此觉得蔬菜是美好的。种菜是美好的。从此，再看见白菜、韭菜、芫荽什么的，就觉得如我喜欢的散文诗一般美。我不禁惊异于文字的魔力。

现在重读这篇美文，知道在那战争年代，延安的战士们在战斗和工作的间隙，还要开土种菜以自给，深深感佩作者在物质条件那样艰苦的情况下，竟能感到精神上的愉悦和满足，竟能拥有如此乐观美好的心态。不禁又揣想：作者对于生活的乐趣，对于美的敏感体验，是蔬菜那生机勃勃的绿色带给他的吗？抑或是亲自种菜的劳作带给他的？

我本出生于农家，儿时，我们的外公外婆和爸妈都是亲自种菜的。二十多年前，我也亲自种过菜。那是在九公桥镇完小，我刚参加工作。学校坐落在小溪边，溪边有一片土地，学校将土地分成若干份，每位教师分一块，许多中老年教师在课余种菜，自给自足，自娱自乐。我也不甘落后，"也傍桑阴学种瓜"，兴趣盎然地在分给我的那块土地上操作起来。我是见什么就种什么，在小小的一块土地上撒了许多种子，栽了许多秧子。夏天到了，窄窄的菜园密密麻麻长满了绿色。老师们告诉我，西红柿苗要摘枝，不然苗盛不结果。可我看着那长得正旺的植株，一片叶也不舍得摘，只希望它长高。果然，西红柿和茄子长得像灌木丛，满园葱茏，一个菜果也没有。我每天下课后去看看，浇浇水，觉得挺有意思。老师们说，呵呵，王老师种菜是用来观察的。后来学校扩建，菜地被高楼霸占了。我发现一些老师及家属又在建筑工地旁新堆的土堆上，整土圈地，继续种菜。有人说，种菜能省多少钱，又不是没菜卖。那些乐于种菜的老师总是说："自己种的菜，好吃。"

二〇〇六年，由于工作调动，与友人合伙在县城新开发区大木山购地建房。我们莲花大厦这一组楼房十二个单元，屋顶都是相通相连的。且是露天敞开的。这在建房之初就商量设计好的。左邻右舍都在房屋竣工之时，就用红砖水泥在屋顶筑好围子，用吊车把打地基翻出来的泥土吊上屋顶，做成一个个人造菜园。我看着那干枯僵硬、夹着石块的黄土，不相信它能长菜，因此，打消了运土种菜的念头。大家住进新房后，一年，两年，眨眼而过，邻居们在各自的菜园里日复一日地侍弄，还真弄出了一片片茂盛的枝枝叶叶、花花藤藤，很是养眼。我每每来到屋顶，总看见亚老、刘姨、李姐他们给自己的菜园浇好水后，就静静地坐在菜园边，守着那片绿色，仿佛画家在欣赏自己的作品。尤其是刘姨还在园边安置了桌凳，经常带着孙儿在这里吃饭，玩耍。李姐等一班婆姨常常坐在菜园边打毛线、拉家常，阳光把金色涂在她们身上，菜叶舒展着翠绿的耳朵在谛听，偶尔陶醉似的摇摇头。此情此景，使人恍若重见乡村田园风光，浑然忘却身在高楼之上。

亚老有两块菜地，他种的菜经常吃不完。谢老不在家时，他把谢老的那块菜地一并种了，菜吃不完时就家家去送。我有时下班回来，就看见门口放了蔬菜。有一天，我来到楼顶，只见亚老在默默欣赏土里的菜，见到我后招呼我过去，让我自己到他园里去摘菜。我来到菜园边，使我惊奇的——不是蔬菜的丰收茂盛，而是蔬菜脚下的泥土，原先那板结枯死的土块活过来了！变得细如沙，润如酥，油亮肥沃。长着蔬菜的泥土，就像刚生过孩子的少妇一般富有生命力。不知是泥土养活了蔬菜，还是蔬菜养活了泥土？我只觉得这些搁在水泥板上的泥土，仿佛灾难中被迫背井离乡的难民，如今它们终于在异地安居乐业了，又恢复了原始的记忆，对于绿色、对于露珠和虫子的记忆。那金黄的丝瓜花、黄瓜花，是它们献给人们的朵朵笑靥。

这一天，我把楼顶十多块菜园一一观赏过，我为这些复活的泥土而激动。我说："我也要种菜。"爱人说："种菜干什么？""挽救泥土。"爱人扑哧一声笑了："我告诉你啊，菜不能靠诗歌养活的。""我知道。""你有写不完的文章，读不完的书，我劝你不要心血来潮，以免虎头蛇尾。""……""现在没有了吊车，泥土和砖头上不了楼顶。我事先声明，我不会帮你搬砖运土的。"

于是，我每次出门回家时就顺手带两个砖头上去。我家靠近顶层，住宅区正大兴土木，到处是砖头。几个月下来，我用红砖围了两个圈子，只欠泥土。我先把屋顶上剩余的河沙放在圈子里用来铺底，闲暇就到楼顶扫地，把扫拢来的灰尘倒在河沙里。又把原有的带土的空花盆搬上屋顶。几番春雨之后，沙土中和花盆里冒出可爱的草芽。一天，我正俯下身子，用柔和的目光久久地抚摸这茸茸绿色，亚老和刘姨他们远远地看见我的"菜园"里有了嫩苗，就跑来参观。他们走近一看，忍俊不禁："哎呀，王老师，你这土里既不是花，又不是菜，你在种什么呀？""种绿色。"

又一个春天来了，我和爱人记挂着到往年扯野笋和蕨菜的地方去。我们凭着记忆，从开发区里那砍下半边山而新建成的住宅区——资源花苑的背后，爬上那往年走过的，如今只剩下半截的山坡。来到坡顶一看，咦？是不是走错了？没有野竹子了，到处被修得光溜溜的。我们四处张望，看到了那个水塘，方才确认这是往年扯野笋的地方。往年这里是一片荒地，野竹、灌木和茅草高过人头，看不清地形。现在这片地被修理过，"原形毕露"，原来是一丘丘稻田，可以看出田基都是老的。田里种上了碧绿的蔬菜，田边的荒山也被开垦出来种上了蔬菜。三五个农人在菜地里忙碌着。我们说，山那边村子里出外打工的人又回来了。

这时我们看见近处一个老伯在浇菜，就走上去攀谈："老大伯，你们是这后田冲的？""不是。我们是这坡下小区的。我住在资源花苑。""哦，买了房子在这里，是吗？""是的。我儿子把我接来和他住到一起。""您儿子是哪个单位的？""我儿子是县委书记，这两年才调来的，姓胡。我老家是洞口的。"我们不免惊讶起来："那您老为什么要自己种菜呢？"老伯放下手里浇水的瓢，直起腰，做出要长谈的样子，说："我跟你讲啊，我是土里生土里长的，一辈子与土地打交道，离开土地就不舒服。只要能动，就想往地里种点什么，看见地里长出东西来，心里就踏实。我种了好几块田，菜吃不完的，有时送人，有时拿去卖，熟人知道是我自己种的，都抢着买。自己种的菜，格外香。你看，这片坡到处种满了菜，都是住到小区的人种的，有几个是紫荆花园的……"

　　听了老伯的一番话，我如醍醐灌顶。是啊，谁不是土里生土里长的呢？谁难道是从火星上掉下来的？我终于明白了：人是大地一棵苗，人与草木最相亲，人，不能离开土地。现代人亲自种粮种菜的冲动，是为了延续那来自远古的关于泥土的记忆。

当时只道是寻常

那年，我们十二三岁，少不更事，把一切都看作理所当然。

那月亮，却如佛祖的脸，带着禅意的微笑，静观人间。

那年，我们读初二，在小溪市乡资江河畔一个叫河口中学的学校里。担任我们班主任的是年轻的罗锦旗老师。我家离校远，我和班上另外两个女同学，跟初三同学一起在校寄宿。晚上，我们要点着蜡烛在教室里自习。

那年月，没有电视、电脑，乡村里每月由专门的工作人员，在各村巡回播放一次露天电影，以丰富人们的文化生活。有一天，我们听说离学校五六里路远的山田冲村，要放一场很好看的战争片。我们三个约好，吃完晚饭趁老师不注意，提早溜出校园，来到山田冲。等了好久，天终于黑了，电影放起来了。大约十点，电影就放完了。我们踏着月色，兴高采烈地走在回校的路上，嘻嘻哈哈，洒下一路清脆的笑声。

走到河口村接近学校时，我们突然犯难了：今晚逃课溜出来看电影，怎么向老师交代？老师会怎样批评我们？大家一时没了主张。踌躇片刻之后，其中一个同学说："这时候回去太早，肯定被老师发现，不如干脆还晚一点，等老师睡了之后，我们再悄悄溜进寝室。"我们都认为这是个好主意，于是就慢吞吞地在月光下走着。

为了消磨时间，我们抬头看月亮。这时才发现：今晚的月亮好圆好亮啊！皓月当空，照得大地如同白昼。那一轮满月，好像如来佛的脸，正笑眯眯地看着我们。附近的青山，在明亮的月光照耀下，几乎看得出白天呈现的黛青色，山上树木的剪影清晰可见，衬着淡蓝的夜空，宛如一幅隽秀的版画。山村像熟睡的婴儿一般静谧甜美。田野里蛙声四起。我忽然记起课本里学的辛弃疾的几句词来："明月别枝惊鹊，清风半夜鸣蝉。稻花香里说丰年，听取蛙声一片。"

不知不觉就到了学校，校园里安静得几乎听得见猫走路的声音。老师们果然都睡了！于是，我们放心大胆地从教室门前经过。这时，教室的门开了！罗老师站在我们面前，说："好哇，你们终于回来了，快点进来给我写检讨。"我们一下子愣住了，只得乖乖地走进教室。罗老师下达了"命令"后，又回到那间与教室只有一门之隔的办公室去了。我们各自从自己的课桌里拿出纸、笔，坐到靠窗边的座位上，只见月光流水般地照进来。我们将纸往桌上一放，发现真的可以看见、写字。于是，我们对着月光迷迷糊糊地写了检讨书。检讨书写好后，我们又为难了，不知怎么去交给老师。三个人你推我，我推你，谁也不肯去敲门。

无聊之中，不知谁先说："罗老师真讨厌，这么晚了还不知道睡觉，简直就是打埋伏，有意要活捉我们的。"

"就是。打倒罗老师，打倒帝国主义……"

"来，我们每人在检讨书的背面写一句打倒罗老师，要写名字，敢吗？"

"谁不敢就是狗。"

于是我们就真的那样写了。磨蹭了许久，我们也疲倦了，不得不用这检讨书"交差"。当我们敲响老师的门时，隐约感到不忍心打扰老师。静寂之中，只听见罗老师起床，开门，接过检讨书，说了声"快去睡觉"，我们如获大赦般地回到寝室。

第二天，天亮了，我们清醒了，不免又紧张起来，要是罗老师看到那句话怎么办？我想起在活水村读小学的时候，杨老师听信调皮男生告假状——说我们女生在放学路上骂杨老师，杨老师上课时让我们四位女生在讲台上跪了一节课。杨老师对那无据可查的事竟然那样恼羞成怒，何况这次是白纸黑字亲笔写了的呢？

我们忐忑不安地等着罗老师上课，又忐忑不安地等到放学，发现罗老师像往常一样笑容可掬，若无其事，也就放心了。我突然觉得罗老师的笑脸有点像昨晚面带微笑的月亮。心想：罗老师性情温和，本不喜欢批评人，他要我们写检讨，也只是警告的意思，并不真的想惩罚我们，因此他根本没看那检讨书。我们的心很快就无忧无虑了。

过了几个星期，又听说川门坪放电影，但这次我们不敢去了。临到天黑即将上晚自习的时候，罗老师将我们叫到他的办公室，说："今天你们三个就在我房间里看书，帮我守屋，我自己要去看电影，但你们不许走。"我们觉得既新鲜又兴奋。罗老师一走，我就发布"新闻报告"："你们知道罗老师为什么今晚要去看电影吗？今晚的电影是与爱情有关的。海誓山盟是什么意思，知道吗？……""哈哈！哈哈！"我们仿佛发现了什么秘密似的，大笑了一番。那个年代，谁要是对爱情感兴趣，或敢说一个"爱"字，我们就会在背地里笑话他。

我们笑完了，开始打量起老师的房间，想寻找还有什么好笑的材料。只见老师这间只有几平方米宽，既做办公室又当卧室的房间，陈设极其简单，一床，一桌，一椅。床上挂着白纱帐，一床被子，一个枕头；桌上一排书，几个墨水瓶，几个粉笔盒。别无长物，别无杂物。推开窗户，简陋的校舍后面，斜坡下的一个土坎上有一间食堂，再往下就是资江河了。初三班的全体同学在隔壁教室里自习。如此而已。没有找到可供我们发笑的话题，我们方才装模作样看起书来。

当时只觉得老师的房间单调乏味。如今想来，那样一间陋室，只有参禅的人才能坐得住，而我们的老师却长年住校，乐而不倦地工作着，我不由得心生敬意。在物质条件相对简单的环境中，唯有用精神生活充实日子。

我们看了一会儿书，又开始东张西望。我的视线无意中落在老师的书桌上，只见桌上用墨水瓶压着几张纸，最上面那张纸上好像歪歪扭扭写着几个字，仔细一看是："打、倒、罗、锦……"咦？这是谁写的？怎么会放在这里？我翻开纸的另一面来看，"检讨书"三个字跃入眼帘，末尾还有同学的署名。这正是我们那天写的检讨书。我迅速在脑海里进行着推理：这不是说明罗老师其实知道我们写的那句不恭敬的话吗？我好像还有许多东西要进一步推理，这时，门外响起老师回来的脚步声。情急之中，我想把这几张纸斯了，觉得不合适，想拿走，也觉得不妥。

就在老师推开门的那一瞬，我镇静地将三份检讨书重新摆放在桌上，把"检讨"二字摆在上面，将"打倒"几个字压在下面。以此向罗老师表示：我明白了……

月照青山自成诗，当时只道寻常事。

岁月流逝，带走多少陈年旧事。许多事，我们在年少时都不曾用心体味。比如当年的我们就不甚留意，那晚的月亮一直没睡，一直在我们的头顶放射光芒，带着意味深长的微笑，静静地看着我们，照着我们，等着我们，护着我们，直到我们安全进入梦乡……而我们对月亮的照耀却习以为常。在没有月亮一片漆黑的晚上，我们常常会感谢手中的丁点儿光亮；而在月光朗朗的夜晚，一片大光明之中，我们往往忘却了照耀在我们头顶，带给我们光明的月亮。

（发表于 2019 年 6 月《教师博览》）

给生活一个美丽的说法

"小草微微笑,路过请绕道。""劝君莫打林中鸟,子在巢中望母归。""自然爱我,我爱自然。"这些富有诗意的句子,原来是公园和林区的"温馨提示"。不知从什么时候起,我们公共场所的提示语已悄悄发生了变化,变得温暖而友好。类似"禁止踩踏""罚款十元"等严厉而冰冷的语句不见了。这说明人们开始注意语言表达的"说法"了。的确,不同的说法,给人带来的感觉是不一样的。

据人们所知,宇航员在宇宙飞船中是非常难受的,比一般的晕车晕船不知要难受多少倍。杨利伟等一批宇航员经过特殊训练,以超人的毅力,克服人们想象不到的躯体不适,乘坐宇宙飞船升上太空,全世界为之惊叹欢呼,他们自己也感到无比荣耀。就是因为人们赋予这件事以伟大的意义:它代表人类尖端科学的发展水平,体现了人类的智慧和创造力。如果换一种说法:凡是在地球上犯了滔天大罪的人都给扔进宇宙飞船,罚他到太空转三圈再回到地球来,恐怕谁都不愿意坐宇宙飞船了。在生活中,人们确实在乎一种说法,因为说法有时关乎人的尊严。古人所说的"志士不饮盗泉之水,廉者不受嗟来之食",就是这个道理。

早年读到一则短文:一个男子到邮局给妻子发电报。电报是按字数

计费的。他拟好电文后交给工作人员，当他付款时发现钱不够。他犹豫了片刻，无奈地说："没办法，只好将'亲爱的'三个字省略了。"这时工作人员说："先生，我愿意替你为'亲爱的'三个字付款。在我们平凡的生活中，'亲爱的'三个字任何时候都不能省略。"我读了这则短文很受启发，从那之后不论写什么信，称呼前面一定会认真地写上"亲爱的"（或"敬爱的"）三个字。我们中国人感情内敛，强调用实在的行动表达，不太重视用语言表达感情。行动固然重要，但在当下的交流中我们往往依靠语言，语言表达的效果更直接，有时候语言交流就决定了事情的方向，决定了有没有行动的机会。

田心姑父去世的那一年，有一天我和妹妹在路上遇见姑妈，姑妈带着无限伤感和深情对我们说："姑妈看着你们姊妹就是自己的亲人了，心里时常挂念，希望你们每年能抽时间到姑妈家里走亲戚，不是要你们来看望姑妈，而是姑妈想你们，让你们自己送到姑妈面前来，给姑妈看看。"听了姑妈的这番话，我们感到温暖和激动，知道了除父母外，另外还有人看重我们，需要我们。于是我们从小记住了要经常看望姑妈。

中国民间对死亡有多种委婉的说法。外公在世时曾这样说："等我百年归世了……"外公离开我们已经十多年了，但我在感情上一直无法接受这个事实，每每在独自悲痛的时候，想起外公说的"百年归世"一词，以及说这话时的平静口吻，心想：老人自己把离开人世当作"归家"，没有什么痛苦，我又何必伤心呢？我也从中体会出这是人生必经的一个归宿，于是心中便渐渐释然。"百年归世"一说反映出普通百姓视死如归的禅宗心理，体现人们对生死的深刻认识和超脱、坦然的态度。

说法反映心象。苏东坡与佛印禅师一起打坐参禅。禅师说东坡像一尊佛，东坡很高兴。东坡说禅师像牛粪，禅师也很高兴。东坡以为自己赢了佛印，逢人就说。苏小妹知道这次参禅的经过后，正色说道："哥哥，你输了！禅师心中如佛，所以他看你如佛；而你心中像牛粪，所以你看禅师才像牛粪。"苏东坡哑然无语，方知自己禅功不及佛印。

俗话说："狗嘴里吐不出象牙。"美丽的说法来自美好的心灵。美好的说法来自对生活的认识，来自深刻的见解，来自善良和爱心。言为心声，心为根，言为苗，根壮苗盛。要想自己说得动人心弦，首先要提高修养、修炼内心，而不是鹦鹉学舌、从表面学人家的说法。

一位男子带着一个几岁的孩子生活。孩子好久不见妈妈回家了，他缠着爸爸要妈妈。爸爸搂着孩子说："妈妈以后不回这个家了。"孩子反抗说："不！为什么？"爸爸这样向他解释："因为妈妈是天使，上帝派她来人间照看小小孩的，我们家的宝宝已经长这么大了，不需要妈妈照顾了，只要爸爸一个人照顾就行了。所以，妈妈又到别的地方照顾别的宝宝去了。"于是，这个孩子的心里没有阴影，没有悲伤，反而因为妈妈是天使而自豪。这个"童话"足以温暖孩子的整个童年。把人世间最痛心的事说成一个童话，这是我所知道的关于离异的最美丽的说法。

　　妹妹当年高考落榜后曾到广东打过工。她在打工期间，妹夫即将大学毕业，与她谈恋爱。当时妹夫家的所有亲人都反对，理由是妹妹没有正式工作。他们决心为爱情奋斗。妹夫鼓励妹妹复读，再考一次。妹妹终于考上了大学并找到了工作，他们的婚事就顺理成章了。村里的人都知道他们的故事，有人认为妹夫家对不住妹妹，替她"抱不平"，说："怎么原先不同意，现在人家有工作了就同意，真是……"在举行婚礼的前一天，妹妹这样跟我说："我不那样认为，结婚前人家有选择的权利，有自己的标准和要求。亲戚长辈出于关心，希望他找个有工作的对象，是人之常情，不论换了谁，都会这样想。而现在我有工作了，达到大家的要求和条件了，他们就同意，这是最自然不过的事了。"她能这样看问题，我当时就预知她婚后一定能获得幸福，于是就放心了。

　　一个女孩因为脸上长满雀斑而苦恼。一天，她对着镜子想法掩盖雀斑。奶奶发现了她的行为后，问："雀斑不美吗？"女孩说："不美，简直丑死了！同学们常常拿它来取笑我。""那星星美吗？""星星当然美！"奶奶就对女孩说："你想想看，星星像不像天空脸上长着的雀斑？孩子，当同学再拿雀斑取笑你时，你就笑着对他们说，星星是天空的雀斑呢，难道星星不美吗？"从这以后，女孩一扫往日的愁云，把脸上的雀斑笑成了美丽而闪亮的星星。

给事物一个美好的说法，给生活一个美好的说法，给他人的行为一个美好的说法，这会使我们自己生活得更美好。

小学教材中有篇课文写道："露珠是小草的眼睛，湖泊是大地的眼睛，灯塔是航船的眼睛。"我牵着盲人过马路，我就是盲人的眼睛。原来，我们所谓诗，也就是一种美丽的说法而已。我们每个人初涉人世时，都是盲人，那么，书，便是盲人的眼睛。书中收集了前人留下的无数美丽的说法，正是这些充满睿智的说法擦亮了我们的眼睛，带领我们顺利走过人生。

（发表于《浣花》2022 年第一期）

第五辑

种　春

种 春

冬日在心中播下的春的种子，总是会发芽的。

春来，踏着雨点，沙沙沙，绿色的屐痕印满山坡、田野、校园，印满你我的心田。

她温柔的脚步踩在心坎上，心中生出了嫩绿的芽儿。

春来，每一个脚印窝儿都开成一朵花，野花次第开放，叩访我的心房，召唤我，约我踏春去。含苞欲放的初春，我禁不住春的诱惑，带一群学生上山访春，我们来到孩子们常放牛的地方——曾家岭。

山上，茸茸的嫩绿的草芽铺了一地，不见了泥土的黄色。孩子们摆脱了功课的束缚，消除了升学的压力，目光尽情地与绿色对语，心灵畅快地与春交流。在春的怀抱里，孩子们捕捉自己的童话。我们看见满山如雪的白花，那细长如柳条的灌木枝条上，绿叶未发，却爆满了雪粒般的小白花，晶莹如露。孩子们欢呼雀跃，尽情地采着这野花，每人采了一大把。

我们站在山顶居高临下举目四望。我指点孩子们欣赏自己的家乡。这儿是个方圆十里的小"平原"，我让他们数出平原上有多少种颜色。他们说有油菜花的黄澄澄，有野草和蔬菜的绿油油，有水田的白茫茫，有屋瓦的漆黑一片，还有点缀着茗子花的紫红色。我问这情景像什么。他们顿开茅塞，说是一幅巨大的天然图画！于是有人在画中寻找自己的屋子。那纵横交错的有如无数大蛇蜿蜒着的小路上，有人牵牛荷锄走来，他们就猜着：那是谁家的父亲在画中行走呢？那水平如镜的水田中，谁的父母把弯腰的身影嵌入了那画中的明镜里呢？他们怎么也没想到自己普普通通的家乡竟像一幅图画。又怎么会想到平时见惯了的油菜花、茗子花甚至空白的水田，现在看来竟如此美丽！那天，他们仿佛到了异地旅游一样兴奋，仿佛第一次见到花一样新鲜。

　　回到教室里，有的同学找来空瓶，把摘来的野花制成一瓶瓶生机盎然的瓶花，摆满了讲台。旁边有一张字条："老师，您是播种春天的人，送您一束春。刘芹代表全班。"

　　啊，我明白了，他们捉住了春天。

（获 1996 年"红烛杯"教师征文一等奖）

表　扬

　　"何秋兰！"一点也没错，是这个成绩最差的学生。五（1）班王老师阅完这篇字迹歪斜却情真意切的文章，又翻了一下作文本封面上的姓名。

　　你看，这样的句子多朴实："那一天，电闪雷鸣，暴雨哗哗地下着，我和弟弟在家吓得哭起来。这时妈妈从田里回来了，对我说：'我还要去犁天子山的田，不趁有水时犁了，水会漏掉的。你在家打两个鸡蛋做菜，带弟弟先吃，不要等我。'望着妈妈披着蓑衣走进暴雨中，我和弟弟又在门口哭起来。"

　　王老师被感动了！这朴朴实实的女孩写的文章完全来自生活，没有半点虚构。而且只有何秋兰这样的学生才会这样写，才会不加修饰地运用口语。这个成绩最差的学生，王老师终于在学习上找到了机会鼓励她。

　　下课铃响了，王老师兴奋地把何秋兰叫到办公室，预备长谈的样子，说："何秋兰，你那篇写妈妈的文章，写得真好。是你自己写的吗？"何秋兰，这个像野草一样朴实的农村女孩老老实实地说："我是从家里的作文上抄来的。是我弟弟的。"

　　"是模仿着写的，还是照抄的？"

　　"是照抄的。"

王老师心里一咯噔，正觉没法表扬了，忽又记起何秋兰说是她弟弟的，于是转而又问："是你弟弟的作文？"

"嗯。"

王老师仍然没改变笑容，她找到"表扬"了："你弟弟真不错，他写得真好。回去告诉你弟弟，说你的老师表扬他。你看你和弟弟都经历过的，他写得出，你也一定写得出。就这样写呀，向他学习，不要抄。"

过了两天，上作文讲评课，王老师拿这篇文章作为范例，在讲台上朗读。读到一半时，有一个学生突然说："啊！是作文书上抄的！"并立即从书包中拿出一本书，翻到了那篇文章证实。王老师接过一看，果然一模一样。坐在前排的一个同学耐不住好奇心，翻看了作文本的封面，大声念道："何——秋——兰——"顿时，全班同学不约而同地把目光转向何秋兰。何秋兰呢，此时无地自容，羞愧地讪笑着，等待着批评。这个腼腆的学生，讲句话也讲不清，还说是她弟弟的呢。家里那本作文选刊是她弟弟的吧。

抄作文，骗老师，这是什么行为？当着全班同学的面做检讨！

不，我们的王老师没有这样。

她说："文章虽然是抄来的，不过我觉得何秋兰同学还是有进步：她弄懂了这次作文的要求。你看，她选准了写人的文章抄，抄准了。"

何秋兰抬起了头；教室里原先哧哧的讥笑声戛然而止。

王老师继续说："而且，她选的这篇作文正好是写农村妈妈的，符合她的生活实际，老师都信以为真了呢！这不是说明她其实很聪明吗？

她是认真读过这篇文章的。"

神了！真神了！

不止何秋兰一个人瞪大了惊奇的眼睛，全班几十双眼睛都充满了惊奇。

第二天，何秋兰来到王老师面前，仍是那副低头怕羞的样子。她交给王老师一篇作文，说是补写的。王老师很感兴趣地读下去。是这样写的：

我的老师

我的语文老师姓王，不高不短，不胖不瘦，头发很长，长得很漂亮。我最喜欢她。她最会表扬人。

上次，我写作文不会写，就抄了一篇。老师问我时，我不敢讲假话，又生怕老师批评我，心里慌，没讲清楚。老师以为我抄弟弟的作文，没有骂我，她就表扬了我弟弟。我当时很急动。

后来在作文课上，老师念那篇文章，同学说是作文书上抄的，还翻到了书上那篇文章给老师看。我以为这一下老师一定会狠狠地批评我的。可老师没有批评，还是表扬，她说我抄准了，符合这次的要求。我真没想到。

王老师真好啊，她专门表扬人，从不骂人。

写得好哇！

王老师看完，感到出乎意料，何秋兰似乎真的变得像她表扬的那样很聪明了。

（文中错别字是学生作文中的错别字。——笔者注）

（发表于《教师》2000 年）

教 育

"这——美丽的南国的——树。"

"这美丽的——南国的——树。"

王老师下课后反复吟诵这句话。读这个句子该怎么停顿？通过比较，王老师发现还是第二种停顿读起来顺畅自然。"学生的感觉是对的，我自己讲错了。"王老师默想着。可是学生都接受了老师的看法，把自己的正确想法抹掉了。王老师突然感到一种深深的忧虑。"得改正这个错误！"王老师下了决心。

又是语文课了，王老师拿着两本教本，和往常一样走上讲台。她和蔼地对同学说："今天不上新课，我们再来练习句子朗读。请大家翻到第99页，再看第五题，重新思考，提出疑问。"

学生不约而同地说："这道题已经练过了。"

"老师不是说重新思考吗？题目要求我们给这个句子画两处停顿的地方，再有感情地朗读。我们原来是怎样画的？怎么读的？"

"这——美丽的南国的——树。"

王老师若有所思地说："这样读好不好听？"

学生仿佛意识到老师认为这样读不好听，连忙肯定地说："是您说该这样读的，我们都照您说的改过来了。"

王老师抬起头来，严肃而平静地环视全班，教室里顿时安静下来，同学们都望着老师。

王老师意味深长地说："我们做事看问题首先不要管是谁说该怎样，而应该直接想想事情本来应该怎样。"教室里一阵沉默。

王老师问："这句话还有别的读法吗？"

"这美丽的——南国的——树。"

有人立刻反对："这种读法老师昨天已经纠正了。"

"可我后来觉得还是同学们读得好。"王老师诚恳地说。

"是的，我原来也是这么想的。"

"我也是这样读的。"

"我也是。"

"……"

"可你们当时为什么不向老师提出来？"

"我们觉得……您是……老师，一定没错。再说……怎么能反对老师呢？"

"是老师，就一定没错吗？是老师就不能反对吗？"王老师这时已面带微笑，课堂里的气氛变得缓和了。她对同学们说："还记得《两个铁球同时着地》那篇课文吗？伽利略是怎样做的？两千多年不容更改的话，他敢于怀疑，并能反复试验证实自己的想法。"王老师像变戏法似的拿出第八册语文书，像平时范读课文那样，大声朗读《两个铁球同时着地》。

学生听得入了神，仿佛是第一次听到这个故事。

王老师接着又讲了布鲁诺为坚持真理，不放弃自己的观点，被迫流亡，被监禁七年，最后被教会烧死在罗马广场的故事。学生被深深打动了。

"……我们要向他们学习，敢于向权威挑战，要有坚持真理的勇气。"说完，王老师拿起粉笔在黑板上奋笔疾书写下八个大字：挑战权威，坚持真理。

下课了，有个女同学追着老师，神秘地问："老师，昨天您是故意那样用来教育我们的，是吗？"孩子们都围上来："老师，是吗？"

望着学生天真的样子，王老师被孩子纯洁的心灵感动了，被孩子对老师的崇拜而深深感动。此时，她是顺水推舟地笑笑，点点头，还是……？

"不！老师昨天是真的讲错了。所以今天这节课来改正。"王老师温和地抚摸着孩子们的头，坚定地说。

"真的？"学生睁大了惊奇的眼睛。他们久久地望着老师，觉得老师似乎有点陌生，同时又更亲切了……从孩子们的目光中，王老师觉察到下课后这两句话，对孩子们的教育将胜过任何童话与故事。

糖　果

"老师，莹子又偷同学的糖了！"

王老师下课刚坐到办公室，随着一声甜脆的童音响起，门口就挤满了叽叽喳喳麻雀似的小学生。"老师，告诉您，她专门偷同学的糖。"

这些乡村孩子，稚气的脸上充满朝气和正气，出于义愤，显然有点激动了。他们推推搡搡把莹子押到老师办公室，还像等待看节目一样围在那里不走开。也难怪，他们才读一年级，六七岁的孩子，是好热闹的。

王老师和蔼地对同学们说："老师要跟莹子单独谈谈，大家到操场玩去吧。"孩子们就听话地散开了。王老师把办公室的门关好，转过身来，看见这个被同学"公判"的孩子——噙着泪水、一脸羞愧、低头认错？不，她紧闭着嘴唇，脸色冷漠，目光含有对抗之意，给人的感觉是仿佛一头小刺猬遇到敌情，习惯性竖起全身的刺，做好了防卫，准备迎接攻击。

面对这个七岁的女孩，王老师突然觉得不知该怎样开口说第一句话了。她当了十多年的班主任，跟学生谈话，曾经与任何一位教师一样，不需思索，滔滔不绝，苦口婆心，仁至义尽。而今天，是怎么啦？"你为什么要拿同学的糖？"这句话在脑海里自动蹦出来，王老师硬是把它挡回去了。"你知道拿别人的东西是不对的吗？""小孩子要诚实，从小要养成好习惯。"……王老师再也不愿意用这种方式对一个孩子说话了。

她不知道自己是怎么管住自己的嘴巴的。也许因为眼前这个女孩那抿着的嘴唇，早已证明这类话的苍白无力。王老师近几年在自学心理学理论，她发现我们经常以教育的名义、爱的名义，做着伤害儿童的事。

十秒，二十秒，三十秒……时间一秒一秒地在沉默中延伸，王老师自己也因这种静默紧张了，听得见自己的心跳。"偷同学的糖"……糖，情急之中，灵感来了，抛开惯常的话语方式，摒弃教育的姿态，王老师亲切地对莹子说："你喜欢吃糖吗？心里是怎么想的？告诉老师，老师不会批评你的。好吗？"这几句温和的话语，竟像一声春雷，将这个小女孩心中防御的坚冰砸软了，只见她全身紧张的肌肉顿时一松，"哇"地一声放声大哭。狠狠地抽噎了片刻之后，她含着眼泪对王老师说："老师，其实我不喜欢吃糖。我每次拿了同学的糖都没吃的。现在那糖还在我书包里。"

王老师着实感到意外和惊讶，心里引起了巨大的疑问："那你为什么要拿同学的糖呢？"孩子摇摇头，表示她也不知道。"那你知道拿别人的东西是不对的吗？""知道。外婆经常教育我，不准拿别人的东西。我从来没有拿过别人另外的东西。"王老师渐渐意识到这不是一般的品德教育的问题，应该就是心理咨询中说的心理问题。

正在这时候，学校幼儿班的孙老师（跟莹子外婆同村）来找王老师，推开门看见莹子站在这里，不由得大发感慨："是不是又偷同学东西了？这个学生真的是屡教不改。以前在幼儿班的时候，就多次出现这种情况，在我手里教育过多次。她外婆打呀，骂呀，用铁夹打手，用针刺手，跪都跪过好几次……看样子今天态度还算好，以往批评她，她比刘胡兰还顽强，嘴子硬，问不吭声。"不知什么时候，门口又挤满了围观的同学，有的同学向莹子投来鄙夷的目光。莹子咬紧牙关忍受着，无地自容。孙老师又弯下腰掏心掏肺地教育莹子："莹子呀，你要听话，女孩子家要知道羞耻，不然长大了嫁不出呢。小时偷针，大了偷金……"王老师也跟莹子一样如坐针毡，她知道孙老师的每一句话都会像针一样扎在莹子的心上。她能感受到莹子内心的痛苦，但却无法阻止同事的言行。

"丁零零……"上课铃终于响了，同学们和孙老师走后，莹子好像获救了一般。这时校长从这里经过，说了句："王老师，通知家长。"王老师连忙应答："好，好，我再跟学生谈谈。"王老师生怕校长又来教训莹子。王老师再把门关好，她想安慰这个痛苦的孩子。"别难过，"不，心理咨询中讲的共情不是这样的。"你心里非常难过，是吗？"孩子点点头，泪珠又滚出来了。"老师知道你心里难过，你其实并不想要别人的东西，只是不知道为什么，看见同学的糖就想拿，是吗？""正是这样的，老师。"莹子感到老师理解了她的心，顿时轻松多了。王老师让她回到教室，说等她心情好了，放学后再跟老师谈心。

王老师自己的心情却不平静了，她想起了多年之前她遇到的与此类似的一件事。那是在九公桥镇完小，她教一个毕业班。毕业前同学们自发凑钱预备开联欢会，她让文体委员珍珍（一个其父母离异又再婚的女孩）负责收钱。那天同学们做完课间操回到教室，珍珍告诉老师说收来的七十多元钱不见了。王老师在同学们中调查此事，就有同学（包括珍珍最亲密的朋友）表示怀疑，说，也许钱并没丢，依据是珍珍最爱吃零食了，她经常在家偷爸爸的钱买零食，还在学校商店赊账，会不会因为要毕业了，而她又欠了许多账……对于同学的怀疑，珍珍有口难辩，她当着同学的面把书包和衣服口袋翻出来，并说："上课的时候钱还在，下课时我也和大家一起在做操，做完操我一进教室就发现钱不见了……"

事情不能立刻查清楚，王老师选择相信珍珍，并在班上表明了她个人的态度。第二天就是毕业考试了。学生考完后就各自回家了。这一届学生毕业了，可王老师觉得这一届的工作还没"毕业"，她对珍珍很不放心。不放心有三点：如果珍珍真的"贪污"了那钱，就这样不了了之，会纵容她的错误；如果那钱真的是不翼而飞了，而同学们的疑心却分明未消除，珍珍会觉得委屈；同学们凑来的钱在珍珍手里丢了，珍珍一定感到愧疚。这件事如果不处理好，必将在珍珍心里留下不可预知的后遗症。她决心去家访一次。

王老师来到珍珍家，看见她家开了个小店，她爸和后妈正在柜台旁。王老师先和珍珍的爸爸交流，了解到珍珍常偷钱买零食是实，但学校商店的十多元赊欠款，早在几天前给她还清了，这次应该不需要"挪用"同学的钱。这位家长向王老师说出自己的苦衷："我就是不明白，家里开店卖副食，要吃什么都有，她却不吃，偏偏要到外面买零食吃。有时为了限制她，不给钱，她就从家里偷钱去买。不知打过多少回，总不改……"

接着，王老师又找珍珍单独谈，要她放心跟老师讲真话，如果有什么难处需要用钱，爸爸会帮她解决的，老师可以说服爸爸不打她。珍珍说："那钱真的是不见了，我没拿……我只偷爸爸的钱，从来没在外面偷过钱，而且每次只拿一元的,我不会拿大钱……我也想克制自己,有时候,下课了,为了让自己不去买零食,我用毛线缠住自己的手指……"说到这里,珍珍流泪了。王老师凭直觉相信珍珍的话。她对珍珍说:"老师相信你,你也不要难过了。老师今天不是来告状的,是来安慰你的。"珍珍眼含泪水从心底里说:"谢谢老师!"于是,王老师放心了,珍珍对老师还是很信任的。

这件事引起了王老师的思索,她发现教育不是简单地制止一种不良行为。人的行为和心理有时是自相矛盾的。行为背后一定有一双强有力的手。这次家访之后,王老师回顾两年来对珍珍的观察,试图对珍珍的行为进行分析。她记得这样一件事:有一次正在上课,珍珍的妈妈来到教室门口,对王老师说:"让我跟珍珍见一面,我只讲几句话。"妈妈见到珍珍询问了几句,又给她五元钱,无限心疼地叮嘱:"自己去买点东西吃吧。妈不能常来看你,自己关心自己,学会照顾自己,要听话。"下课后,珍珍拿妈妈给的钱到商店买了几颗糖吃,把余下的钱仔细包好,心里感到一阵甜蜜。珍珍妈也是教师,在乡村,每次利用到镇里来的机会偷见珍珍一面,每次都给她几元钱。妈妈给她的钱她会分成好多次慢慢地用,直到用完,妈妈却还没来……

王老师根据自己浅显的心理学知识,得出一个结论:珍珍买零食吃不是"吃"的需要,而是爱的需要。买点东西吃在她心中成为母爱的象征。然而,这结论符合心理科学吗?从那以后,王老师决心进一步探索心理学理论。近几年,心理咨询兴起,王老师自学心理咨询方法,她要用专业的方法来做班主任工作。

下课了，数学老师向王老师反映莹子昨天的作业又没做，上课不是走神，就是跟同学讲小话。王老师是本学期新调来这个学校接这个一年级的，开学一个月来，她也发现这个学生做作业总磨蹭，明明她会做，字也写得好，接受力强，可就是不能集中注意力去学习。平时独处的时候多，情绪有点阴晴不定，有时玩着玩着，突然一朵乌云漫过她的脸上。

放学后，王老师让莹子留下来，对她说："老师其实挺喜欢你的，跟老师说说心里话，好吗？"莹子点点头，表情轻松，没有了戒备。"你说不喜欢吃糖，也没拿过别人另外的东西。那你说说你看见同学书包有糖是什么感觉？"莹子摇摇头表示说不出。

"爸妈买过糖给你吃吗？"

"以前，我爸爸在广东的时候，每次妈妈要回外婆家时，爸爸总说买点糖回去给莹子吃……现在妈妈每次买回的糖我都没吃，都给妹妹吃了。"

"是妈妈不给你吃吗？"

"不是。糖给妹妹吃，是我愿意的，因为我也不蛮喜欢吃糖。其实外婆家里有糖，我也不想吃。"

"那你爸爸现在在哪里呢？"

"他还在广东打工。爸爸最疼我了，以前爸爸不肯离婚的，他说离婚作践了孩子。他现在还没有结婚，他说就是想着我。"

"那你想爸爸吗？"

"想。"莹子眼睛里闪着泪花，"可是爸爸每次打电话给我，我都没接到。"

"为什么呢？"

"外婆把电话挂了，不让我接。"

"你有多久没见过爸爸了？"

"快两年了。"

"你还记得小时候跟爸爸在一起的事情吗？"

"小时候爸爸经常买糖给我吃，那时候我喜欢吃糖。爸爸妈妈带我到公园玩……我看到同学书包里有糖，就觉得蛮好，很想拿到的样子。"

"哦，老师知道了，你拿同学的糖，其实就是想自己的爸爸了。你并不是要别人的东西。老师理解你的心思，不会认为你是坏孩子。"

莹子望着老师开心地笑了，眼里充满无限信赖和依恋。王老师觉得这个孩子内心体验相当丰富。这次谈话，王老师让莹子倾诉积压在心中的感情，并运用精神分析法揭示莹子偷拿同学糖果的潜意识原因。

该让莹子回家了。这时外婆打来电话："王老师好，今天莹子在学校是不是又犯错了？我听孙老师说了。我天天在家教育的，她是这样不争气。你给我打，把她留到天黑……"王老师说："外婆呀，不能再打了，莹子自己的内心也很痛苦。她不是不听话，您看她从不要别的东西，只拿同学的糖，这是有原因的。她其实是蛮懂感情的，很可爱的。本周我哪天有空一定到您家里来跟您仔细讲讲。"

第二天，外婆自己走到学校来了，见到王老师，脸上是一层薄薄的喜色覆盖在长久的忧虑之上，仿佛冬天里的枯山，刚下了一场小雪，有了亮色，说："谢谢你看得起莹子，不然我不好意思到学校来。"王老师让她说说莹子的生活情况，她从莹子的爸妈如何在广东打工认识、结婚后生下莹子、三口人住在她家，再到最后离婚，讲了一篇很长的故事，也尽情地倾诉了一番。王老师暗自以咨询师的角色做了一个很好的听众，从中搜集到关于莹子心理形成的有用信息，对这个孩子产生了深深的同情和爱怜。

莹子的爸爸是四川的，莹子本是判给爸爸抚养的，爸爸把她放在四川奶奶那穷乡僻壤里，外婆不满意这种教养方式，把莹子接到自己家。可莹子爸两年来没寄一分钱的抚养费，外婆对此有老大的意见。每次莹子爸打来电话，外婆免不了跟他争吵一番，然后就把电话挂了，不让莹子接。每当这时候，莹子会站在电话机旁，呆呆地望着，久久不愿离去。外婆看出，莹子心里想她爸爸，但口上从来不说。莹子妈离婚后很快又结婚生了个妹妹，最近又生了第三胎，是双胞胎，也住在外婆家，正在坐月子，家里大人的心思全都转到新生儿身上去了。

王老师对外婆解释说，孩子需要关爱，只要准许莹子跟爸爸通电话，满足她的感情，她就会改掉这个毛病。外婆态度很坚决："那不行。他既不出钱，又没管人，凭什么认他是爸。我就不靠他，也能把孩子带大。莹子跟着我也有许多关爱，我们没看薄她。她妈妈虽然生了弟妹，对她还是一样疼爱。她还有个舅舅大学毕业在外打工，也很喜欢她……"

王老师灵机一动，强调说："孩子既要有母爱，又要有父爱，心理才能健康完整。不过有舅舅的关爱的确是好事，可以在一定程度上弥补父爱。能把舅舅的号码告诉我吗？我跟舅舅通个话，让他多多关心莹子。"

王老师跟莹子舅舅联系后，向他说明自己正在对莹子进行心理辅导，如果他真心为莹子好，请他帮忙做外婆的工作，让莹子能收到爸爸的关爱。

自从王老师跟莹子谈了心后，莹子像解除了魔咒一样自在舒畅。一天下课时，同学们在跳橡皮筋，莹子自认为有资格加入他们，也兴冲冲地跳起来。这时就有同学不跳了，一个同学把橡皮筋收起，说："我们不跟她玩，贼牯子。"莹子顿时变了脸色，讪讪地走到墙角去了。这一幕正好被王老师看在眼里。班会课上，王老师对全班同学说："最近和以前，我们班的莹子同学曾经拿了同学的糖。你们看见她吃糖吗？她把糖放在哪里？她拿了糖并没有吃，说明她不是嘴馋，也不是想偷同学的东西。老师通过了解，知道她拿同学的糖，其实是她想自己的爸爸了，她有很久没见到爸爸了。老师相信她以后不会再做这种事了。老师还是喜欢她的，同学们愿意跟她玩，跟她交朋友吗？"孩子们终究是善良的，大家齐声说："愿意！"莹子的眼里闪耀出幸福的光芒。王老师的话，落在莹子心上，就像爸爸的糖果一样甜蜜，足以让她回味终生。

半学期之后，王老师把莹子叫到办公室，当着莹子的面跟莹子的爸爸打电话表扬莹子，又让莹子跟爸爸通话，让爸爸在电话里对莹子进行鼓励。

接近期末的时候，莹子的妈妈特意跑到学校，满怀感激地对王老师说，莹子大变样了，放学回家做作业一点不发愁，做得又快又好，开心多了，人也勤快了，在家帮着带弟妹，还说要争取评上优秀学生。

这个班王老师接着又教了一年，莹子从那以后再没出现偷拿糖果的现象。后来王老师接到通知要调到红石中学去了，最后一节课里，王老师和同学们告别时，莹子哭了。许多孩子跟着哭起来。王老师感动了……

（发表于《当代文学》2022 年第 2 期）

且行且思且坚守

我是湖南省第一师范毕业的。

"第一师范"这四个金光闪闪的大字，如同四颗明亮的星星，时刻照耀我的心房，给我以鞭策，也给我以力量。在一师求学时，毛泽东等一代伟人以天下为己任的献身精神激励着我，一师的老师乐当人梯、热情育人的精神感染着我，使我从内心深处涌起一股投身教育、报效社会的豪情。这股豪情是我自己心中的"奥运圣火"，它会一直传递，燃烧，不会随着岁月的变迁和环境的改变而熄灭。

记得一九八八年六月，我们临近毕业时，学校政教处的易主任召集了毕业生会，他殷切地对我们说："人的能力有大有小，对社会的贡献有多有少，不可强求。但学校希望每一个人走上社会后，自己的一言一行都要体现第一师范的素质，要维护第一师范的光辉形象，不能给母校丢脸。"从那一刻起，我立志当一个好老师，这是我终生孜孜追求的理想。

当一个好老师，首先当然要有高尚的师德。这"师德"二字念起来有千钧之重，它如同一座丰碑，树立它，非一朝一夕之功，需九牛二虎之力。然而，要摧毁它，却不费吹灰之力，只在不经意之间。二十一年的教学生涯，我一直像爱护生命一样维护师德的神圣。

我在一个镇完小工作了十七年。我参加工作的头几年，碰到的第一件颇费思量的事就是统考排名。二十年前，重视的是升学率，从县教委到学区到学校，每年都要抽考或统考，并根据考试成绩评价一个老师所有的能力和业绩。有一次临考前，我班的学生满脸疑惑地问我："老师，考试时到底可不可以抄？"我凛然回答学生说："不可以。这样做不仅影响自己的品德，而且对于考试也没有好处。考试时每一个人都要全神贯注做自己的题，认真思考会发挥得更好，而一心想去抄别人的答案，就想不进，反而考不好。老师不需要你们用舞弊的手段为班上争光。"

我一直教育学生做人要诚实。我坚信一个老师讲话做事不能有一点儿不光明的地方，因为我们面对的是人，都有一双明亮的眼睛，一张封不住的嘴巴。

有时，我看到一些老师惩罚那些考试不及格或欠交作业的学生，我就在想，老师为什么对那些成绩不好的学生"恨铁不成钢"呢？真的那么在乎学生的成绩吗？狠狠地惩罚学生，真的是为学生好吗？有一次，一个老师在课堂上训学生时说："老师这样苦口婆心为的是你们好，你们考得好对老师又有什么好处？"我从窗边经过，亲耳听到有一个学生在底下轻轻地说："你可以评优。"原来学生是这样想的。我感觉到老师一厢情愿地过分地在意学生的成绩，真的使学生觉得他是在为老师而学习、为老师而考试。老师为什么要体罚学生？这其中确实有一种潜意识心理原因，就是这些"差生"影响了老师自己的利益。很多老师没意识到这一点，他们打着"为学生好"的旗帜，冠冕堂皇地发泄自己的怨气。我意识到这一点了，我告诫自己不能体罚学生，要以平和的心态看待学生的成绩。我常对学生说："你们来到学校读书，是自己人生中最重要的一件事。读书是给自己读，每个人都要尽自己最大的努力。我作为你们的老师，这是我们的缘分，我有责任有义务帮助你们，但我不要你们为我考试。你们每个人尽自己的力，达到自己应有的水平就行，我不会惩罚任何人。"我的这种心态使学生感动了，我并不使用严厉的手段，我的学生都愿意自觉学习。

为了提高学生的成绩，我们那时经常不知疲倦地给学生补课，而且是无怨无悔地无偿补课。说实话，我对那个年代教师的那种敬业和吃苦精神倒是由衷敬佩。我也不假思索地加入补课的行列中。和我同校的伍老师正好又和我是邻居，我们都住在离完小不远的三中，我们的丈夫同是三中的老师。有一天，我们补完课回到家已经六点了，看到我们的孩子在门口眼巴巴地等着我们回来。伍老师的丈夫杨老师以半真半假的口吻说："你们还自以为有功劳，把学生留到这时候才放学。其实这是对学生身心健康的严重摧残，你们知道吗？你们想想，小学生身体发育还不成熟，清早到校，下午五六点才回家，在校有十个小时，回家就天黑了，还要做家庭作业。这，受得了吗？"

我一听就怔住了。在这以前我没听到过反对的声音。杨老师是高中生物老师。我不知道他是真的有这么个观点，还是旁敲侧击地批评我们回家晚了，自家的孩子无暇顾及。但不管怎样，他的话引起了我的思索。我对这种说法认真起来了。于是，从第二天起我就注意观察学生的反应，我发现放学之后再补课，很多学生都心不在焉，而且显得很疲倦。我又通过调查，了解到学生其实都不愿意补课，他们渴望放松。我又对学生平时的考试成绩进行分析，发现补课对于提高成绩收效甚微。通过对那一届学生的观察分析，我决定我班学生不补课。那时我们把补课看成勤奋的表现。鉴于我一向是工作认真的，校长不好批评，她在教师会上说："假如是同样的能力，别人的工作时间长，当然取得的成绩就大。"大家都以为要提高成绩必经的途径是补课，都没去考虑延长学习时间对学生的身心健康有什么不利。后来就兴起收费补课了，我也不补。

学校里还有一个比我年纪大的老师，她凭多年的经验也觉得补课没什么好处。于是我俩商量做搭档，她本来也是教语文的，为了和我教一个班，她改行教数学。我俩齐心不补课。正巧那一年学区举行抽考，每班选取百分之三十（大约二十个）的优生参加考试。那一次，我们班得了第一名，而且成绩远远超出其他班。可是学区却宣布这次的抽考成绩只做参考，不宣传，不奖励。我知道就是因为我们没补课而取得好成绩，他们认为不宜宣扬。这时，我如鲠在喉，可我知道就凭我俩的嘴是不会改变一种风气的。于是我产生了写的冲动。正好学校有一个老师因分房子的事闹情绪，她采取的对抗方式是不补课。我的灵感来了，我以"罢补课"为题，写了一篇类似小小说的文章。内容就是说一个老师赌气不补课，想搞垮成绩气校长，结果他班却考了第一名。我在文章的结尾写道："我们的教育到了非罢补课不能提高的时候了。"这文章当然没处发表。但就在这之后不久，县教委传达教育部指示：不准补课。老师们终于明白我俩的观点是对的。我也进一步认识到我们应当不断反思自己的教学行为。

我是一米阳光①

大家好！我来自邵阳县，我跟大家分享的题目是"我是一米阳光"。

我是一米阳光，带着一份使命，行走在播洒光和热的道路上。

我是一米阳光，因为我主动靠近阳光，常被阳光照耀着，不断吸收正能量。我从未中断过学习和探索，向书本学，向周围的人学，也向自己学。多年来，我自费数万元每年都外出学习一两次。这次有幸加入株洲绿野家园承办的教师公益培训，在这里我不仅学到了许多有用的技巧，更重要的是，看到这么多人和我走在同一条路上，感受到这么多火热的心一起跳动，顿时力量倍增。肖芳导师和她的助教团，以及绿野家园及社会上众多的爱心人士，他们不知我是谁，只知我有一个名字是教师，就那么真心热忱地付出，创造一切条件，让我能有这个学习机会，这种奉献社会的精神和情怀，感染我，鞭策我，使我更增强了使命感。正是社会上无数的大爱，把我照成一米阳光。今天站在这里，心中唯有激动和感激，感谢社会和生活，感谢有我，感谢有你们！

我是一米阳光，首先照亮和温暖的是我自己。儿时，我有一个伟大的理想，就是当一名优秀的教师。一九八四年我考入湖南一师，在这个光荣而神圣的校园，我的灵魂受到洗礼，心中开始有了使命感。我先是在一所镇完小工作，担任教研组长，率先倡导素质教育，进行课题实验。在这里我如鱼得水，在我身边不乏认真工作的老师，但我们大多是为晋级而努力。我被破格晋为高级并评为省优秀教师之后，工作激情并未减退，一些老师就很不解。他们不知道我有了新的奋斗目标——特级教师和全国优秀教师。

正当我工作开展得如火如荼的时候，爱人单位调动了，我也在二〇〇七年跟着调到离家近的现在这个学校。这是一所城镇边缘的农村中学，这里的学生是能够考入或转入县城中学的学生都走了之后剩下的学生，大部分是留守孩子，学习对他们来说要么是不屑，要么是不能，纪律观念没有，自我价值感极低，在心理或行为上或多或少存在一些问题。这里相当于留守孩子和问题学生的"集中营"。学校校舍陈旧，设备简陋，教师异动频繁。我刚来时听到学生自称为"垃圾"学生，称这个学校为"垃圾"学校，吓了一跳，我的心像被刀刺伤了一样，在痛。我之前只见过个别这样的学生，从不知道还有一班一班的，甚至一个学校都是这种状态。

这个学校在教育局心目中没有位置，我隐约觉得我的理想将要破灭，一下子人像被掏空了一样，感到心慌，浑身没有力量，双腿发软。再看身边的老师，大家都积极性受挫，只用消极的做法配合着学生，也跟这里的学生一样没有价值感。我一时看不到方向，如果长期处于这种状态我会痛苦的。

我来不久，班上有个叫杨叶的学生对我说："王老师，你这样的好老师来教我们这样的差学生，不感到委屈吗？"我被这句话打动了！我想：

是啊，我不就是想做一个好老师吗？什么样的老师才是真正的好老师？难道离开这些学生去教条件好的学生，争取在统考中排名领先，我就成为优秀老师了？这些学生尽管存在那么多问题，他们的心还是纯朴的，他们懂感情，能看出我是好老师，难道他们不配拥有好的教育吗？是谁把他们定义为差学生？这么多年，我们一直在提素质教育，而这些孩子从小就独立，自己管好自己的饮食起居，风雨无阻，坚持上学，有的还自觉挑起照顾奶奶和弟妹的担子，这种自律、坚强和责任心，不算素质吗？难道只有钢琴、奥数和绘画才算素质吗？对于广大农村学生我们应如何评价、如何教育，这不需要反思吗？如果需要有人思考研究这种教育现象，我在基层的基层，直面学生，真正实践，有我加入研究行列，不是更好吗？

我们每个人都有三条命，一条是性命，一条是生命，还有一条是使命。一些人只拥有一条性命，活在物质的层面上；大部分人能追求生命的意义，对他人和社会尽到责任和义务，有所贡献，活在精神的层面上；还有一部分人能把社会的进步和人类的发展作为自己的责任，思考"天下兴亡"之大事，并不遗余力，身体力行，这种人就是具有使命感的人。这种人不一定是职位高的人，而是心中所想和平时所做已超出一己之利，关乎众生。被使命感推动的人有强大的内在动力，无畏无惧，不计小利。面对这些学生，我的使命感被激发出来了，重新给自己一个身份定位：做一个思考型、研究型的教师。于是重定焦点②，我的目标不再是获得什么荣誉称号，我如果真想有所作为，就去探讨怎样把这类学生教育好。

当我重新明确工作目标后，就有了方向，有了动力，眼前明亮了。

再用"意义换框法"③来看现在这个工作环境，突然发现一切都是最好的安排。我想，如果我是教育研究者，那么不论学生是什么状态都可以成为研究的对象和资源，不论在什么样的学校都有用武之地。而且，这些学生不用考试，就已经注定是倒数，教育局不得不默认这个事实，这使我完全摆脱应试评价的压力；这里班级人数少，工作更轻松，我能从日常琐事中抽离出来，有足够的时间和精力去思考教育的本质是什么。原来的劣势转为优势，绊脚石变成了垫脚石。是老天决意不让我平庸，给我安排这样一个环境，把这些学生送到我面前，让我去思考，去研究。为了教育好这样的学生，我自费学习心理咨询，并于二〇一〇年考取二级心理咨询师资格证。

我是一米阳光，同时照亮和温暖了我的学生。我运用心理学原理，帮助学生找到自我价值。我把每个学生都看作优秀的。我跟学生说，每个人都有价值，都有自己的优点和优势。我给学生上心理辅导课，引导学生去看到自己的长处，增强自信心，建立自尊。

我发现这些学生的问题大多不是智力的问题，而是头脑里形成了许多限制性信念，如我不行、我不喜欢读书、作业很难、读书很吃力等。有个叫刘磊的学生，每节课老师还没开口讲话，他就唉声叹气。我在辅导课上给他们讲解心理原理，教他们使用积极语言，并通过练习让学生逐步建立有效信念。我在班上对学生进行"好思维"训练，也就是让学生把"好"字练成口头禅，不论遇到什么、听到老师安排什么，先不假思索地响亮地说一声"好"，再体验说"好"的心情，跟唉声叹气的心情有什么不同。学生体验到，说了"好"字之后接下去就会去想怎么做，就跳过"不想做"这块拦路石了。

我发现学生有许多负面情绪压抑在心中，心情沉重。我会无条件地接受学生的所有情绪，不做评判，并告诉学生情绪没有好坏之分，教他们接受自己的情绪，用正确的方法宣泄情绪。班上转来一个男同学寄居在姑妈家，年龄大，个子高，却有些比他矮小的同学故意惹他。有一次他竟在课堂上放声大哭，我关切地对他说："我能感受到你心里憋闷，还有点伤感，痛快地哭一场或许就好受些，到老师办公室去哭吧。"类似的情景还有一次，我让他在办公室哭了一节课。我并没有教导他什么，从那以后，这个同学就变得心情轻松，与同学关系融洽了。

我知道人的行为不等于他的本质，每个行为背后都有正面动机，每件事都有正面意义，包括学生的错误。我的理念是：错误不是用来批评的，错误不是事情的结果，只是一个信息，表明某方面存在问题需要处理。在我的工作中已没有"批评"这个概念。我对每一个学生都能找到值得肯定的一面，每天对学生进行嘉许。学生只要跟我相处一段时间，就喜欢学校，就觉得上学是愉快的，生活是美好的。

NLP 的卓越信念④中有一条是：没有失败，只有回馈。用在教学中，我的理念是"作文没有失败"。我不给作文设框，只鼓励学生动笔写，哪怕是三五句话，只要是认真写的，写的是自己的心里话，我就会以欣赏的态度来对待，加以认可。就这样，学生消除了对作文的畏惧心理，率性而写，兴趣大增，提高很快，作文由三五行到三五百字乃至上千字，有的学生尝试写小说。在教育部组织的"五好小公民"征文大赛中,我班学生分别获得了特等奖和二等奖。我把作文教学和心理健康教育结合起来,教会学生通过作文来倾诉,把心中的感受用文字表达出来,起到宣泄情绪的作用。有些同学的作文相当于自我分析。

由于不受应试评价的束缚,我在班上放手进行教学改革,只花较少的时间学完课本,把大量阅读放在课堂进行,从图书馆、从家里借书给学生读,发动学生自己购买名著,带到班上与同学交换阅读。学生的素质得以真正提高,在毕业会考中,我教的语文竟然在全县排名第六,令人惊讶。

我是一米阳光,总想照亮和温暖更多的地方。我发现学生的消极心理主要来自家庭影响,他们经常从父母那里得到"你不行""没出息"等否定性评价,他们的父母自身也带有自卑心理。我只要跟家长联系,就会先诚恳地赞赏家长,再向家长传达一个理念:对孩子要多肯定,看到好的一面。我在家长会上给家长做心理讲座。邵阳市有两家心理学团体组织,我也多次被他们邀请去做公益讲座。我曾好几次设想在学校以座谈的形式与大家分享一些体会,但老师们暂时没有这个意识,不便这样。我又发现午餐时,大家集中在食堂,边吃边聊,有时会谈到教学的事,于是我利用聊天的形式,不露痕迹地传播 NLP。有一次,老师们又慨叹我们学校的学生如何差劲,愚不可教。我就说:"我们学校的学生要天天坚持上学,比那些成绩好的学生需要付出更大的努力,他们的意志更坚强。除了成绩之外,他们有很多可贵的品质,我经常在班上表扬我的学生,对学生说我佩服他们……"老师们沉默了。我相信总有人会因我的话而受触动引起反思。

　　我是一米阳光，带着一份使命。现在，我只要在教育实践中努力做一个优秀教师就会满足，而不需要被评为优秀教师。也许我还只能照亮方寸之地，但我在寻找同道者，我相信无数的一米阳光携起手来，就能创造一片大光明。我看到在座的每一位都是一米阳光，在传递大爱的道路上，让我们携手同行吧！

2013 年 11 月

注释：

　　① NLP 就是神经语言程序学，是一门应用心理学。2013 年我参加株洲绿野家园承办的 NLP 教师公益课程，结业时须做一个演讲谈自己如何在工作中运用 NLP。本文根据当时的演讲整理扩展而成。

　　② NLP 的 6R 成功法：重定焦点（将注意力集中在理想目标）、重定立场（从不同角度重新思考）、重定意义（找到缺点或劣势中的正面意义）、重组技巧（将知识及技巧进行重组，达标有方）、重编程序（消除无效的惯性行为，建立新的行为）、重定因果（强调因在内、果在外）。

　　③ 意义换框法：改变对事件的感受从而改变其意义（看到正面意义）。

　　④ NLP 讲人对外界事物的态度和反应方式是由信念决定的。NLP 总结出一套使人成功的信念，称为卓越信念，如：没有失败，只有回馈；凡事必有三个处理方法；人的行为不等于他的本质；每个行为背后都有其正面动机；并无难相处的人，只有不善变通的沟通者；等等。

教育的效果在灵魂深处

二〇〇七年春，我调到红石中学接手一个八年级班，教语文。这个班六十人，学生大多来自偏远的山村（离校四五公里），他们的小学教育是在当地的乡村小学（有的现已拆并）完成的，基础不好。我来此之前，由于频繁更换班主任，加之其他原因，这个班的班风受到极大影响，他们经常遭到训斥和惩罚，并由此造成恶性循环，任课老师几乎无法进行正常的教学。班上平均成绩有的科目只有二十多分，最好的也不到五十分。

当时已开学一周，这个班还没上一节语文课。我是被中心学校特意调来接这个班的。到这个学校报到的第一天，好心的同事提醒我："教这个班你要先做好心理准备，别急着上课。否则，驾驭不了，会吃亏的。原来的语文老师就是被学生气走的，你不要太温柔。"于是，我第一天没敢上课，观察了一天，发现上课铃一响，许多学生竟往厕所跑，然后再慢吞吞地向教室走去。几乎每一节课，课堂都无法安静下来，有的学生故意讲话逗引大家发笑，有的甚至在教室里任意走动。几乎不论什么课，很少有学生能专心听下去，学生的注意力不集中、不持久。接下来通过一周的接触，我进一步发现，学生自我感觉极差，觉得自己没出路，前途一片黑暗；逆反心理特强，对老师和学校有强烈的抵触情绪，不管学校做出什么决议或安排什么，他们都不分青红皂白地反对。他们藐视所谓纪律，不在乎批评和表扬，也不稀罕学什么文化知识，一副玩世不恭的样子。学生自称这个学校是"垃圾"学校，这里的学生是"垃圾"学生。我感到震惊和痛心！从教二十年，我见过个别这样的学生，却从未见过这样的班级。原来这是个九年一贯制的农村学校，成绩好一点的中学生都转到附近的县城中学去了，留在这儿的是家长无暇顾及的或被认为读书不行的。班上的小凡就是典型例子，妹妹和她是同一个年级，爸妈将妹妹转到远一点儿的重点中学，而她在这儿实行"就近上学"。

面对这样的学生，该用什么样的态度去对待？该如何与他们相处？怎样将正常的教学工作进行下去？我在心里反复思考。我觉得对这些学生只有通过心理教育才能从根本上解决问题。他们的种种反常行为，背后有其心理根源。凭着我一贯的教育思想和多年的经验，我认为不论面对什么样的学生，你先要看得起他，将他那被掩藏的自尊的需要激发出来，付出爱心，然后才谈得上教育。

班上有个姓叶的女同学对我说："王老师，您这样的好老师来教我们这样的学生，不觉得委屈吗？"不知为什么，我却被她这句话感动了！我在班上郑重地对全班同学说："同学们，我是特意来教你们这个班的，在我眼里没有不好的学生。我将和你们一起用行动证明我们行！"当时，六十个学生各有不同的表情，有的惊疑，有的高兴，有的冷漠，有的充满期待，有的不以为然……于是，我给他们讲了这样一个故事：

在美国一所中学，有个学生毕业后去征求老师的意见，自己是继续上学还是做别的。老师委婉地给他提了个建议：去做自己喜欢的事。他回到家里想了想，自己唯一喜欢的事物就是花。于是他就决定养花。他在花盆里养花，在屋前屋后种花，在村子的每一处空地都种上了花。他种的花格外鲜美，赢得许多人称赞。有一天，他来到一个城市，发现城郊有一处宽阔的堆放垃圾的空地，他就在这处空地上种花。总统来到这个城市视察，被这儿的花吸引住了，他表示他正需要这样一名天才般的花匠。市长连忙派人去打听，最后找到了这个种花的人，将他送到总统府。总统让他在自己的花园里做园丁。当这个园丁在花园里侍弄花草的时候，总统和他的秘书来花园里散步了。秘书看见这个园丁十分惊讶，原来，他俩是中学时的同学。当年，这个秘书是班上最优秀的学生，而这个园丁是班上最后一名。可他们殊途同归，都来到了总统身边工作，在这总统的花园里相遇……

我的故事刚讲完，下课铃响了。这是这个班很久以来第一次安静到下课。许多同学听完故事，若有所思，一改平日下课疯闹的情景。

我发现这些同学，忠言听不进，美言听不进，但是故事听得进。于是，我就有目的地安排恰当的时间给他们讲故事。我还讲了《一截木头》的故事：一截不成形的木头，在木匠那里派不上用场，农夫拿它打桩也不行，烧火也烧不燃，随手丢弃。雕刻家发现了，将它雕成一条龙，价值连城。我说："宝贝放错了地方就成废物。其实，我们每个人都是宝贝，只要找准自己的位置……"

我通过一个个蕴含哲理的故事，以及充满真情的话语，向学生传递这样的信息：我不会瞧不起成绩差的学生，我认为所有的人都有价值。哪怕你成绩再差，你作为一个人活在世上还是有价值的。同时也让学生树立这种观点，明白自身的价值，从而找回失落的自尊和自信。实际上，这些学生大多是纯朴、善良和懂感情的。只是他们的表现导致他们遭到太多的否定评价，积累了太多的负面情绪，以至于自暴自弃。我则通过肯定的评价、积极的暗示以及发自内心的赏识来矫正他们的心理偏差。我利用我是新来的这个条件，尽快发掘学生身上的闪光点，加以肯定，而不去了解他们的"前科"，好像他们本来就很优秀，并坚持认为他们优秀。我有意在课余时间、在食堂里向领导、同事说起他们的优点和好处，表示很喜欢他们。这样一来，许多学生都朝老师所期待的方向发展。

最使学校领导和任课老师感到头疼的是这个班的纪律。学生闹得使老师无法开口讲课。有学生告诉我上学期元旦学校开联欢会，他们被全体赶出，不让参加，原因是纪律太糟。我在班上这样对同学们说："一个班只有这么大，其中只要有一个人讲话课堂就显得不安静，如果有十个人讲就好像全班都在闹。但就算有十个人讲话，那还有五十个同学是守纪律的，怎么能说这个班糟糕呢？从现在起，我要一个一个地看仔细，记清楚，看看哪些同学是安静的，要还大家一个清白。我相信大多数同学是愿意遵守纪律，不希望班上这么一团糟的。"当即就有同学轻声地说："就是。"于是，我将每堂课的纪律做了登记，每天放学前公布一次，每周小结一次。事实证明，确实只有十多个学生纪律观念差点。我在班上将那遵守纪律的四十多个学生一一点名，着意表扬。另外十多个学生，我就分别找他们单独谈话，与他们沟通，用情感感化他们，再与他们约法三章。在班上则通过具体事例强调纪律的重要性。我说："我不会很凶的，我当老师从来不要学生怕。我们不能因为怕老师才不违反纪律，自觉遵守纪律是我们做人的一种修养。"我并没有惩罚任何人，班上纪律渐渐恢复正常。

我接手这个班的第一学期，还无法跟家长联系进行家访，因为学生都说爸妈不在家，家里没电话。我也不"强求"。有几个学生讲了真实的电话号码，我就找机会在学生面前与他们的家长通话，向家长报告他们的进步，夸奖他们，并诚恳地要求家长对自己的孩子要充满信心，多鼓励，少责骂。凡与我通过电话的家长，都不同程度地改善了亲子关系。于是，第二学期，我利用开学报名的时机，顺利收集到了大多数学生家里的真实电话，为家访工作铺平道路。

二〇〇七年秋季开学时，我发现学生围在一起议论他们暑假打工的事。我想上前去探个究竟，他们有所顾虑，只有一两个学生"大胆承认"这事。我微笑着点了点头，并没有表现批评之意。而后学生才主动说出自己打工的实情。小凡自豪地说："我就是用自己挣到的钱交学费和生活费的。"经过调查，班上竟有十多个同学在暑假打过工。有三分之二的学生是留守学生，有的跟着爷爷奶奶在家，互相照顾；有的竟是独自一人在家，自己料理自己。面对这种学情，一些老师感到十分无奈，对学生失去了信心，说："这样的学生哪有心思读书，我们简直在做无用功。"

我却不愿放弃，我想学生来到学校，不光是"读书"，还有比读书更宝贵的，那就是受教育。而我的追求是，我要让我的学生在我这里不是"受教育"，而是"享受教育"。我觉得学生打工这件事，是一个很好的激励学生的契机。我认真进行了一番思索，于是在班上激动地对学生说："同学们，今年暑假我们班上有十多个同学到城里打了工，他们出了远门，见过了世面，挣到了钱，也吃过了苦头，这就是能干，就是劳动光荣。尤其值得庆贺的是他们平安地回到了这个班。让我们用热烈的掌声向他们表示祝贺！"班上顿时响起了真正经久不息的掌声。我接着说："老师从心底里佩服你们！你们才十三四岁呀，爸妈都不在家，能够吃饱肚子，管住自己，每天按时到校，按时回家，不出岔儿，就已经很了不起了，还能苛求什么呢？你们以前总觉得自己比别人差，但我觉得除了成绩这一点外，在很多方面城里的孩子还不如你们呢。他们正过着'饭来张口，衣来伸手'的生活，你们却能独立生活，能打工挣钱！以后到了社会上你们会比他们中的许多人更会生活！"那一刻，我看到许多学生睁大了眼睛，下意识地坐直了腰……全班静默片刻，我语重心长地说："你们是属于义务教育阶段的学生，按国家政策工厂是不能招收你们打工的。而且老师也不希望你们在这个年纪就去打工，你们现在正是长身体和学本领的时候……"

从那以后，班风悄然发生变化。班上的许多不良现象不知不觉消失了。学生情绪平静，心情舒畅多了，也变得有礼貌和更守纪律了。我安排小凡等几个同学轮流当卫生委员，他们工作特别认真，班上的卫生不用老师操心。在学校的义务劳动中同学们表现得特别卖力。四川地震后，团委号召大家捐款献爱心，我班同学最积极。这一切使学校领导和老师对他们刮目相看。遗憾的是我当时布置全班学生写一篇暑假记事的作文，想从作文中了解学生打工的详情，并通过评语的形式对学生进行教育，结果没有一人能写出。

为了让学生在成绩很差的情况下仍能看到奔头，认真学习而不放弃，我向他们宣传新型的人才观，宣传国家大力发展中等职业教育的方针。我说："三十六行，行行出状元。但不管干哪一行都要认真，都离不开'学习'二字。有时候认真的态度和习惯比成绩本身更可贵。"为了唤醒学生的理想，我在班上举行了"我有一个梦想"的演讲赛。学生有了认真学习的愿望和行动，我则不厌其烦地对学生一个一个地辅导，到了九年级下学期，许多学生的成绩有显著提高。有几个同学终于能在最后一次作文中，具体记叙一年前那次难忘的打工经历。谢波写道："我终于明白了读书的重要性，要打工也得学一门技术。"临近毕业时，邵阳市教育局下发《初中毕业生升学指南》（即《职校招生简章》），学生纷纷从那本《指南》里寻找自己喜欢的专业，互相讨论、商量到什么职校去读书。一个个意气风发，一副天生我材必有用的派头。六月十八日，全市举行初中毕业会考，我班全体学生以最认真的态度参加每一科的考试。一部分学生考完后第三天就直奔职校报到，而另一部分学生则表示成绩再差也要到高中拼三年，争取多学点知识。

这班学生我只教了一年半。在这短短的一年半中，学生的内心发生了翻天覆地的变化，学生的精神面貌焕然一新。

（获 2009 年湖南省心理学会学校心理教育专业委员会征文大赛一等奖）

飞进白鹤群的黑天鹅

二〇一二年十二月二十日，传说中的世界末日的前一天。在株洲市的白鹤小学，多媒体教室里，千余名中小学教师济济一堂，观摩株洲市"书香校园建设"的班级读书会展示课。课后，来自《湖南教育》期刊、"湖湘语文"教研文化活动的策划者黄耀红博士点评这天的课。他说："一个个意气风发的老师，一群群活泼向上的孩子，一堂堂生动开放的展示课，带给我们芬芳的书香。白鹤小学，多么富有诗意的名字，使我想起'晴空一鹤排云上，便引诗情到碧霄'的意境。今天在座的每一位都是美丽的白鹤，在语文教育的晴空里展翅飞翔。"

听着这激情荡漾的话语，我的心也随之荡起涟漪，我暗自笑了：他们是白鹤，那么我自然是黑天鹅了。这不仅因为在这群花红柳绿的教师中，我穿一身黑亮的羽绒衣，戴着一顶大红的羊绒帽，更因为我不是这个群体中的一员。我是冒着寒雨从邵阳县赶来的，悄悄坐在最后一排听了一下午的课。我是来领奖的。"为先在线"网站举行湖湘教师读书征文大赛，我的文章《最是书香能致远》获得一等奖。这次在株洲举行教学研讨暨颁奖典礼。我也是特意赶来参加教学研讨的。第二天，我在这里听了小语教材编辑王林博士的观摩课。

在语文教研教改方面，我一直是本县乡镇学校中走在最前面的。早在一九九六年至二〇〇五年，我在九公桥镇完小任教，担任中心学校语文教研组长，大力倡导教研教改，进行课题实验，编写校本教材，带动了一批青年教师，在教师队伍中创造了勤于钻研的氛围。二〇〇一年我被评为省优秀教师。

二〇〇五年九月我调到塘渡口镇，二〇〇七年被安排到红石中学教初中。这里离县城很近，但教育局搞教研活动我们都没听到消息。这个薄弱学校似乎是被"遗忘"的角落。突然感到自己像是置身荒野之中，看不到方向，有点"野渡无人舟自横"的失落感。多少次在心中追问：还能继续优秀下去吗？

二〇〇八年十一月初，我无意中听到一个消息：邵阳市将在本月六日、七日举行全市中学语文教学比武。为了能去听课，我跟老师交涉调课，提前将这两天的课上了。

二〇〇八年十一月二十一日，我上了第一节课后来到公路边等候开往长沙的车。车来了，我一上车就有人叫我的名字，一看，是县教研室的简主任。她问我去哪儿，我说去长沙。我坐定后，陆续发现车上有好几个认识的老师。他们就问我去长沙干什么，我说到铁道学院去听课。简主任一听，忙说："听什么课？是全国著名教育专家湖南省中学语文课堂教学研讨会吗？我们这一批都是去听课的，我负责带队。你是谁安排去的？我这里没有你的名字。"我说我是自己安排的。

"要交会务费领入场券才能进去听课，你知道吗？"

"我知道。我自己掏钱。"

"啧，王老师是我县难得的具有钻研精神的老师。还像当年一样，热情不减，精神可嘉……我看看名单，你们塘渡口镇只派了塘中的一个老师去听课。"

下午，到了报到地点，简主任得知教委有个老师不来了，我就请求把那张预留的入场券给我。心中暗喜：这么巧哇，真是天道酬"诚"。

我非常珍惜这次听课机会，两天时间，四堂课加点评共十六课时，我每一节课都非常认真，做了详细的笔记，回家后又进行一番思考，受到很多启发。同时，这次听课使我知道了余映潮等一批语文专家，后来我进入中华语文网，通过教师博客继续向专家们学习。

二〇一一年五月，在洞口县举行全市初三毕业会考研讨会，各校每科都派一名老师参加，我校却只安排两个校长参加。当时我是初三班主任，教语文，我主动要求参加，学校同意。我跟校长来到中心学校租好的车上，结果超载一人，司机不肯发车。带队的领导说，原来定好人数的，刚好合适，怎么多一个人？后来发现是我，他表示遗憾劝我别去了。我就要他们告诉我具体地址，我自己坐车去。

二〇一三年四月，在长沙师大附小举行"山水语文"的教研活动，我也是"独自一人"参加。这次听到了戴海、老狼、吴昕孺等老师的关于山水文学的讲座，颇有收益。

…………

不用再列举，有时真的觉得自己有点"另类"，真不知有没有必要，

有没有可能坚持下去。直到遇见黄耀红博士，直到二〇一三年十二月参加一师校庆再会同学蒋蓉，她跟我说，一师在培养面向山村的免费师范生，需要寻找多年扎根乡村的一师校友与师范生座谈，这是一师的教育策略。她想找个合适的机会，让我跟即将毕业的师范生进行座谈。我想，我应该坚持，而且应该做得更好。或者支持他们，或者成就自我。

第六辑

永远的春姑娘

永远的春姑娘

且把这幸福的旗帜抖起来！

和煦的春风哟，你若抖动这黄亮的旌旗，就一定会含带花的甜蜜。

你看那青山脚下，一块块，一方方，一片片，一畦畦，闪着耀眼金光的，可是天上的黄云落在了山村？不，天上的云的颜色哪有这么纯？

那是一幅幅飘香带蜜的十字绣，在翠绿的底色上绣着遍地黄金。

啊，春姑娘，你用太阳的光之线和细雨之针，花了多少工夫才绣成？

你把你的杰作抛在半山腰上，做了青山的围巾；你把你的杰作铺在稻田里，做了大地的绸被。

那璀璨夺目的黄色啊，能把阴沉的天空照亮，能使荒芜的山坡变亮。看上一眼，暗淡的眼睛因之发亮，颓唐的心境为之敞亮。

鸟儿在田野上空鸣唱，农历二月的江南大地上，油菜花开了，铺地而来，流光溢彩，浩浩荡荡！

油菜，在家乡是普通的经济作物。年过七旬的父母，只要还能下地劳动，种油菜，就一定会成为他们在乡间田野这个舞台上的必备节目。

农人们希望获取油菜籽来榨油。那可爱的油菜籽，一粒粒细如沙，有如乌黑晶亮的小米。四五月间从集镇的榨油铺里飘出来的菜油香啊，老远就能闻到，弥漫在空气中，比酒香更撩人，比蜂蜜更沁人心脾。

悠闲如我辈者，常把油菜当作一年一度的风景来欣赏。油菜那蓬蓬勃勃的长势能给人以力量，那明明亮亮的黄色将冬日的瑟缩一扫而光。

如果你住在乡下，你就能体会到，油菜花，是真正的报春花。正月一过，不，还没过，正月下旬，油菜薹就如复苏的蛇一般，嗖嗖地往上爬，只几天，就伸展得有半个人高了，"蛇头"顶着一撮细密的花苞。

而后，从油菜薹顶端首先绽开一朵、两朵纯金般的小花来。每朵花由四片玉米粒大的花瓣对生，而形成一个"十"字。单朵的油菜花，即使再亮也是不起眼的。但油菜是会使魔法的。

你看，顶上这一撮花苞，由外而里，一朵朵，一层层，陆续绽开，边开花边往上抽薹，并不断地从中心冒出小花苞来。更妙的是，顶端开花的同时，自上而下，从茎秆上每片叶子的"腋窝"里，依次长出一枝薹子，薹子的顶端照样顶着一撮细密的花苞，花苞照样陆续开放。薹子上又长叶，叶腋中又生花，如此循环，以至无穷。

凡是能长花的地方都长花。整棵油菜，除了靠近根部的茎秆上，有几片长而大的绿叶外，其余叶子都很小，满枝满秆全是花。花儿且开且落，且结果荚，且长新花。因此，油菜花，你看不见它的凋零，它持久地保持着旺盛。

一棵一棵连成一行，一行一行组成一垄，一垄一垄形成壮观的方阵。阳春三月，春和景明，四望旷野，我仿佛听到了高亢的军号之声！

每年初春，都是这响亮的黄色，把我们从"冬眠"之中惊醒，从未关注油菜的生长过程。总以为它是春风带来的，和野草、地菜一样，春风吹又生。总以为它是春天的仪仗队，几声春雷鸣锣开道，然后，几乎是一夜之间，春姑娘将她的旗幡插遍了田野。然后，我们一觉醒来，看见春之旗幡在阳光下呼啦啦，恣意招展。

总以为，这么简单。直到去年，我才留心油菜的生长。那是农历九月，我看到了农民在收割后的稻田里移栽油菜的身影。农人们说"九油十棉"，九月栽油菜，他们在八月中秋之后就开始播种发秧。等到油菜苗长到两寸左右，就选蔸或移栽。经过移栽的油菜长得更好，秆粗花多，籽实饱满，产量高。农民们在偌大的田地里，一棵一棵，移栽油菜，那细致功夫不亚于绣花。所谓江山如绣，不正是他们绣出来的吗？是他们那朴实的愿望，催生了一年四季，大地花开。他们是永远的春姑娘。

惊蛰过后，回到乡下老家，站在屋前，眺望山冈，在那层层叠叠的黄色方块之中，必然有一亩半亩是我家的，想来多么令人欢畅。

我说，油菜花开得正旺，用相机把它照下来吧。爱人说，以前不是照过很多吗？油菜花不是年年都有的吗？孩子不是说过，油菜花是永远的春姑娘吗？还要照什么？

在我拍摄的几张油菜花远景中，错落有致的黄色板块之间，总有空缺。这空缺的应该是什么？我凝望着，渐渐地，我的记忆给它补上了紫色。是的，三十年前，当我还是个孩子时，这金黄的油菜花旁，一定闪烁着迷人的紫光。那就是紫云英。紫云英开过花后，农人们就将它犁翻在稻田里做肥料。如今，田野里已丢失了这种紫色。这个空白引人深思。

我不知道有多少人和我一样，将它怀念？

近日，欣闻全国很多地方都举办了"油菜花节"。在旅游区，政府发动农民集中种油菜，花开时，金浪翻滚，吸引成千上万的游客。我不禁暗忖道：难道油菜花也将要被"城镇化"吗？春天也将被现代人集中关进公园吗？这年年都有的、乡村随处可见的、草根本色的油菜花，若干年后，会不会要到旅游区才能观赏得到？当地面到处都被水泥占领后，我们是否还要创立一个"芳草节"，以此纪念"天涯何处无芳草"？

在油菜地旁，推土机和挖土机所向披靡。今年开满油菜花的地方，会不会在某一天蓦然耸立一座楼房？我的心由是有些怅惘。

鸟儿在田野上空鸣唱，一个农夫提着锄头，悠闲地走在田埂上。在他的面前，大片的油菜花随风荡漾。我突然想：给他们多留一块土地吧，他们和他们的土地，才是永远的春姑娘。

（发表于《神州文学》2021年第10期）

张家界的山

张家界的山意味着什么？

走进张家界的山，就是走进远古，走进原始，走进亿万年前。这是亘古及今的真正的大自然，是人力无法创造、无法改造、无法塑造的。只有地球本身才能创造它，只有时间才能改造它，只有风雨云雾才能塑造它。它傲视着人类，藐视人类的创造力。

走进张家界的山，行走在十里画廊中，抬头仰望高耸入云的石峰，不由得惊叹一声。攀爬在天子山的石道上，只见四周危崖悬叠，群峰环耸，峭壁参天。再多的游人走进它，也只如那石壁上随意跌落的一块块石子，静若太古，杳然忘世。专家说这里是世界上独一无二的石英砂岩地貌，特命名为"张家界地貌"。它是地壳运动形成的，那石峰的奇特造型乃是亿万年的雨蚀风化所致。这是地球赠给人类的神奇瑰异的礼物！我仿佛看到了地球轻轻转身的美丽侧影。我突然发现自己和地球如此亲近，原来我正匍匐在地球的怀抱之中。在这之前，我只看见房屋和街市，不知地球在哪里。

对于张家界的山，我不想再去描述它像什么，那是说不完也讲不清的。张家界的山是不可思议的雕塑。什么金鞭出炉，天兵出征，仙女散花，雄狮回头，夫妻岩，三姐妹，千里相会，等等，再多的命名和比喻也只是挂一漏万。其实，在这三百六十九平方公里的土地上，巍巍矗立着三千一百零三座石峰，摩天辟地，千形万状，奇巧百出，若人若兽若万物，有韵有声有情节，你说它像什么就像什么。那一座座、一簇簇、一排排的石峰，或拔地而起、危峰独耸，或上分下合、三五成组，或乱峰列岫、连绵成阵，幻态随视角时时变换，愿怎么看就怎么看，想怎么比就怎么比。不仅可移步换景，而且不移步也可换景，触目皆奇，你的视线可以将其自由取舍和组合，进行构图。凡人间有的形象这里全备着，人间没有的，它这里也有。任意一个角度，任意一个片段，任意一个镜头，都是风景，都是图画，都是雕塑。木秀石奇，涉目成赏，目不暇接，天下独绝。

对于张家界的山，你不能只用眼睛看，而要用心灵去感悟，这样才能减轻视觉的压力，体验到大自然的魅力。它那铺天盖地的美，会让你目眩神摇。登上天子山，来到一个叫天台的观景台上，下临无地，千峰万壑，攒聚眼前，巉岩叠翠，争奇竞秀，张目望去，忽而心旷神怡，忽而心惊胆战，不敢多看一眼。只觉参差错落的石林连绵而成的轮廓线，仿佛一种起伏的韵律在苍穹之下回荡，那是来自洪荒响彻寰宇的天地之音。我不禁浮想联翩，想亿万年前，这里只是大片冥顽的岩石，海之神日夜用乳液涵养它，洗沐它，为了让它开窍，用尽心力，涤荡它。当海之神耗尽了最后一滴乳汁，便把它推出地面。然后雨之神一年四季用眼泪亲吻它，感化它，为它注入情感。风之神时刻用轻柔的长发抚摩它，撩拨它，模拟天地万物的形象，雕塑它。生命之神为它撒下种子。一天天，一年年，千百年，几万年，上亿年，自然之神在这里主持盛大的演奏会。那嵯峨林立的石峰，便是华夏民族远古时代的青铜编钟，那绝壁上破石而出的苍松，便是岁月之锤敲出的绿色音符。张家界的山，是凝固的音乐。

记得第一次游张家界，也是惊异于它的山峰肖似生活中的形象，以为它像这像那就很美。当我再看张家界的山时，我不再感兴趣于它像什么。我觉得它本不像什么，不是什么，它就是石头，就是纯石之山。同时，它不必像什么，也是美的，美得震撼人心！

那么，张家界的山，美在哪里？设若单单只有石峰陡起，形状特异，那也不过是荒凉枯寂的石漠而已，人们不会把它叫作“山”，也不会感觉到美。张家界的山向人类展示了生命的奇迹，它的美就蕴含在那蓬勃旺盛的生命力之中。且不说这里有多少种珍稀动植物，且不说谷底深沟的参天大树，单看那石顶上，石坎上，石缝中，裂石而出，牢牢扎根的小松树，还有那贴石而生、紧紧攀附的无名杂树、野草和青藤，让人不得不惊叹生命的伟大！你看那些绿森森的绝壁之松，大多只有胳膊粗细，高的不过一丈，矮的一米左右，像永远长不大的孩子。粗看一眼，以为它们弱不禁风，不能成材。但如果你定睛凝神地看，你就会发现那些树苍老遒劲，饱经风霜，绝不是新长的嫩树。那枝，那叶，那树干，无不显示出坚韧顽强的生命力。这绝岩怪石之上的树虽细矮，却棵棵都给人以昂然挺立直指蓝天的感觉。谁也不知道它们生长了多少年，还会继续在这断崖之上站立多少年。桂林的山也是纯石，也奇，也绿，却不长乔木；黄山也有绝壁松，但不是这么普遍。唯有张家界的山，遍山遍石，绿树披拂，草木葱茏，郁郁苍苍，流光滴翠，生机勃勃。在这没有一寸土壤的石头上，竟然覆盖着这么诗意盎然的植被！荀子说："玉在山而草木润，渊生珠而崖不枯。"我想，张家界的山一定是含玉孕珠的，不，它本身就是湘西南一颗纤尘未染的碧玉。它汲取日月之精华，天地之灵气，雨露之琼浆，经过亿万年的修炼，从而育成了它怀抱中的一切生灵。张家界的山是绿色生命谱写的诗！

这诗，这画，这音乐，几千年来一直是这样存在着。曾经，除了被命运抛在这大山中的，在这里土生土养的居民外，只有鬼谷子、黄石公之类修道成仙的人，才青睐这片奇山异水。那么，是谁最先说它美？却是张家界之外的人士。在张家界被开发为旅游胜地之前，张家界的人不一定认为这就是美。他们一生下来就面对这样的山和石，以为天地本来就是这样子，无所谓美与不美。他们甚至视这巨山巨石为交通的障碍。那么，张家界是因为首先有一个人说它美，然后大家就认为它美，是这么简单吗？

人类发展到今天，已经把大自然破坏得差不多了，人迹所到之处都被"改造"成城市，一座座青山被夷为平地，摩天大楼鳞次栉比，比张家界的石峰还高，还拥挤。只有张家界，是未被人类惊扰的处女地，是未加"改造"的原始状态的大自然。所以，人们觉得它美。想来也是，人类原本诞生于大自然，无论怎样进化与发展，人类的一切美感与快乐，乃至健康生活，都离不了山水和草木，正如鱼离不开水一样。周作人曾说："即使以鸟鸣春，这鸣也得在枝头或草原上才好，若是雕笼金锁，无论怎样地鸣得起劲，总使人听了索然兴尽也。"

走进张家界的山，顿感大快人心。我暗自庆幸：愚公移山的故事总不敢在这里上演吧！那一座座颇像汉字"矗"的石峰，望着望着就会听到轰然倒塌的声音，更不用说谁敢碰触它，哪怕扯动石缝中的一棵小草。那危如累卵摇摇欲坠的石峰，仿佛是仙人做游戏，刚刚用石块信手堆叠而成，尤其是每座石峰顶上那块石头，还没放稳，随时都可能被仙女的云袖不小心扫落下来。这样的山，让人望而生畏，不敢久视。这最后的大自然，刀劈斧斩般，石骨铮铮，石棱怒突，似乎在向人类示威。张家界的山是警示碑。在这里休谈"改造"与"建设"，你不敢；在这里休谈植树造林，它不屑。在山体中无法修路和架桥，人类的高科技只能在山体外做两件事：架索道和安电梯。除此之外，不敢触动它一根毫发。我由此而窃喜。

面对张家界的山，人们唯有敬畏，不敢再生妄念。人类该从中找到与大自然最恰当的相处方式。亿万年来，依然不是人类改造自然，乃是自然改造人类。

张家界的山，不仅是供观赏的，它，也是供思考的。

（载于《散文选刊》2010 年 12 期中旬刊）

桂林之游

桂林，以甲天下的山水驰名中外。儿时，语文课本中《桂林山水》一文，那优美的文字激起了我对桂林的无限向往。直到步入而立之年，我方才有机会饱览桂林奇特的景观，方知造物之妙，人类发明的语言文字是不能表述其万一的。不游桂林，不知什么叫天造地设。

桂林，山青水碧，洞奇石美。山是石头叠成，水如碧玉翡翠，洞内有奇观，石中产宝玉。

山上不长乔木，不种庄稼，爬满了碧绿的苔藓、灌木及贴石而生的草类，满目苍翠。危峰兀立，怪石嶙峋，山无路径，无法攀缘，人迹罕至。一座座既突兀耸立，独自成峰，又连成一片，横亘百里。既有孤峰独秀的景致，又有连绵不断，起伏如群马奔腾，如大海波涛汹涌的磅礴气势。由于大自然的神刀鬼斧，把桂林的山削成了各种奇形怪状，令人遐想。独立的，如笋，如柱，如螺；双尖的，如羊头，如猫耳，如皇冠；连绵的，如奔马，如骆驼，如羊群……形态万千，比之不尽。绿波江上看奇峰，玲珑巧秀天下无。

漓江水绿如翡翠明如镜，不含泥沙，不沾污秽，两岸倒影，清晰完整。正如清人袁枚所写："分明看见青山顶，船在青山顶上行。"奇怪，每天都有成千上万的游人乘坐游艇观赏漓江，江面上竟然不见一星儿秽物。是人们面对大自然的美，不知不觉地收敛了自己丑陋的行为？抑或是漓江之水把人们的心灵涤荡得纯净如许，不染纤尘？

何处无山，何处无水？总未见像桂林的山与水这样亲密，相依相偎。从桂林到阳朔，百多里水程，称为百里画廊。水是青罗带，蜿蜒萦回，柔柔地缠绕于山峰之间；两岸石壁陡立，奇峰簇簇，静静地矗立于江水之中。青山绿水，相伴相拥，相得益彰，如诗如画，如梦如幻。山的刚强与正直，水的温柔与纯洁，在这里得到了完美的组合。这正是人类千百年来梦寐以求的最高境界啊！百里画廊似乎向人类昭示着某种哲理，令人回味。

洞中更奇妙，一切都是天造地设。每一个洞就是一个缩小了的"天"与"地"。洞中有"山"有水有平地，有坡有路有"悬崖"，有曲径通幽的意境。洞中石笋、石钟乳千姿百态、变化万端。一根根，如笋如柱如林；一座座，如山如兽如屏；一页页，如幕如帐如帘；一层层，如云如浪如烟……令人目不暇接，赞不绝口。天上、人间、海底及想象中的事物应有尽有。我们在游芦笛岩时，随着导游迤逦而行，爬"坡"越"岭"，峰回路转，来到一个开阔的地方，举目望去，真有点"天似穹庐，笼盖四野"的苍茫之感。这里的情景是造物用石头模拟天地万物而巧妙设计的。洞顶是"天"，洞底是"地"。洞中那一片水，便自然是"江河湖海"了。"天""地"之间有神话中的撑天柱，都有合抱粗。"天上"的飞鸟、云层、仙人仙宫，历历可见；"地上"的山峰，山上的野兽、人物、房屋，栩栩如生；"海中"的珊瑚岛，龙王的水晶宫，越看越像。加之洞中彩灯映照，幽幽的，使人置身于梦境、仙境或童话之中。我想，人们在游览桂林之后，想象力一定会突然得到发展。

据导游说，芦笛岩和冠岩是当地老百姓发现的，新中国成立前是穷人避难之所（洞中可容一两千人）。真想不到啊，洞中"仙境"无变化，洞外人世已千年。如今真个是：天成半壁丹青画，碧莲峰里住人家。

桂林的石头也独具魅力。桂林盛产宝石，珠宝店展销的各种玉器饰品琳琅满目，熠熠生辉。工学院展示的各种石头标本具有地理上的研究价值。展览馆展览的天然美石及石头工艺品具有观赏价值，令人大开眼界。

桂林一游遂心愿，始信奇物在人间。

此生但做桂林人，不羡天上有神仙。

紫　薇

盛夏的早晨，霞光万丈。哦，紫薇仙子，初次遇见你是在乡村的田埂上。你可记得，当年的我，还是一个农家孩子。手提竹篮，来到田野，我惊奇地发现，什么时候田埂边落下了一片紫霞。走近一看，原来是一种非常特别的花，不同于任何一种舌瓣状的花。你的縠纹般的花瓣细薄如丝绸，云一般透明，风一般翻卷。每一瓣就如一小段流动的水波，每一朵有六瓣，组成一朵大浪花。儿时，不识你的芳名，只惊羡你有水波浪一样的紫裙。

后来，我听村人把你叫作饱饭花，因为你开在盛夏，正是农家早稻成熟时节，这时人们开始尝新，可以吃饱饭了。我觉得这名字太土、太俗气，配不上你超凡脱俗的美丽。有一天，我在书上看到"宝幡"二字，不禁浮想联翩。我想：这两个字，做你的名字最合适。幡者，用竹竿等挑起来直着挂的长条形旗帜。你看，你的花朵簇生在新枝的顶端，细长的枝条擎着一幅绚烂的锦缎，不正是一顶华丽的宝幡吗？为什么你要开在七月？原来你是织女的幡旗，飘扬在人间。织女用云霞织成宝幡，庆祝与牛郎的七夕会面。

十五岁那年，我来到湖南省第一师范。正值九月，丽日当空，在校园里与你欣然重逢。众多的花卉中，我看到别具一格的你，数枝齐发，妩媚多姿，好比可爱的孩子举着彩旗，在阳光下向我们招手示意。我对同学说，我家乡的田边也有这种花。同学露出惊疑的神色。我知道，他们不相信这样有名的花会生长在田野。

如今，在城市的广场和公园，在学校里，在住宅区和机关大楼前，到处都能见到你娟秀的身影。夏日炎炎，百花消歇，你迎着骄阳怒放，红紫烂漫焕霞光，满城花团锦簇，宝幡幢幢，使人顿觉眼前一亮，心头清爽，仿佛重回桃李争春的三月，暑热全忘。一树掩映窗前，柔条垂拂，弱臂半举，依依如诉，温文尔雅。人们说，这是紫薇花。

啊，紫薇，紫薇，多么高雅的名字，从古至今，凡以紫薇取名的女子，总使人无端地生出许多爱怜。"紫薇"二字，似乎天生就具有文学意味，一念出口，就有一种诗意。其实，我早在唐诗里认识了你。白居易的诗写道："丝纶阁下文章静，钟鼓楼中刻漏长。独坐黄昏谁是伴，紫薇花对紫薇郎。"千年前，你就赢得人们的青睐，被大量种植在长安宫廷中。传说你是天上紫微星的化身，你象征高贵、吉祥和好运。人们喜爱你的紫色，唐朝三品以上的官服才用这种紫色。唐人有诗曰："丛开一朵朝衣色，免踏尘埃看杂花。"

现在，你更是深得人们喜爱，你顶着骄阳烈日盛开，花期长，数月不衰，酷暑寒霜俱能耐，因而又有百日红、满堂红之美称。你能净化空气，美化环境，还是上好的药材，很多城市都将你奉为市花。在我们邵阳市还建有一个紫薇公园，用数万株生长着的紫薇树，扎成两千多米的紫薇双龙，蔚为壮观，世所罕见。

啊，紫薇，你从唐朝走来，你从唐诗中向我走来，你跨越时空，永远是青春不老的仙子。你的花瓣常开常新，而我的花瓣已被时光收取，岁月逐渐将我浓缩成一枚果子。此时，我只想对你说，不要在乎你生长的地方，不要迷恋名字。你的魅力源于你自身独特的秉性。无论你长在庭院还是山村，你就是你；不论你有名无名，你依然是你；不管人们把你叫作什么，你，还是你。

当年村野落霞飞，怎知奇花号紫薇。

独占长夏开百日，不用美名自芳菲！

（此文参加 2017 年湖湘教师写作大赛获一等奖，入编《生活，不止眼前的苟且》一书）

因荷而得藕

花月仙子谪下凡，河伯借泥封玉腕。这是什么？清水池中莲藕也。高洁的荷花、莲藕带给人们无穷的遐想，有联咏之曰："玉管通地理，朱笔点天文。"妙语双关，生动形象。

儿时，读《古今楹联拾趣》一书，记住了这样一副对联："因荷而得藕，有杏不须梅。"这副对联从字面上看很简单，其实不然，它利用谐音，产生弦外之意。据说，明代进士程敏政，少负才名，才思敏捷，宰相李贤爱其才华，欲招其为婿。于是出此上联考他，他随即对出下联，因此成就了自己的美好姻缘。

荷花与莲藕生于绿波，出泥不染，亭亭玉立，洁如冰雪，那种美好用什么来比拟呢？也许世间只有妙龄怀春的女子和俊美多情的后生，才能形容。关于荷花和莲藕的传说大多与爱情有关。我曾在北京西站旁边的莲花池公园，欣赏到令人赏心悦目的碧荷红莲，还读到一个美丽的故事。在公园的池岸边，有一本石膏塑成的翻开的"书"，"书"上写着《莲花仙子与藕郎》的传说：

相传美丽善良的莲花仙子是天帝的女儿。她私偷百草的种子下到人间，在湖边遇到小伙子藕郎，与他相爱，结成婚配，过起美满幸福的凡间生活。不料被天帝知道，天帝大发雷霆，派天兵天将捉拿莲花仙子。仙子躲到湖里，临行时她将一颗自己精气所结的宝珠交给藕郎。

几天后，藕郎被捉，天兵挥刀向他脖子砍来，他咬破宝珠吞进腹中。天兵连砍八十一刀，藕郎虽身首两节，但刀口处留下细细白丝，把头颈又连接起来，怎么也杀不死。天帝赐下法箍，箍住藕郎脖子投入湖中。谁知竟落地生根，长出又白又嫩的藕来，法箍变成藕节。莲花仙子得知藕郎化成白藕，自己便化作红莲，与藕郎生长在一起。天帝见状，忙下令挖掉她。可是，挖到哪里，莲花开到哪里，白藕长到哪里。天帝气得只好下令收兵。

从此，白藕和莲花在湖里安了家，他们年年将白藕、莲子与祥和之花献给人间。

玉雪窍玲珑，纷披绿映红。生生无限意，尽在苦心中。是啊，世上还有哪种花能像荷花这样更能使人联想到两性之美？美丽的传说与美丽的荷花相得益彰，给人间增添了许多乐趣。尤其是并蒂莲，自古以来在文人笔下和民俗中象征着美好的爱情。诗人咏并蒂莲："水中仙子并红腮，一点芳心两处开。想是鸳鸯头白死，双魂化作好花来。"传统的婚联多用并蒂莲的意象，如：栀绾同心结，莲开并蒂花；并蒂莲开莲蒂并，双飞燕侣燕飞双；好鸟双栖嘉鱼比目，莲花并蒂瑞木交柯。

水里莲开带瑞光，但愿瑞莲开满人间。但愿世上有情人都成佳偶。但愿有一天你的朋友问你：因荷（何）而得藕（偶）？你能开心而幽默地回答：有杏（幸）不须梅（媒）！

（入编《夫夷文澜》）

叶

云是天空飘移的叶，叶是大地不飞的云。

如果大自然是一篇美文，那么，叶子就是这篇美文的字字句句，而花朵只是大地抒情时，那惊叹号上的一点。

没有了花，叶上只少了些点缀；离开了叶，花便失去了生机。

花之美，首先在于色彩艳丽，是直观的，张扬的，如同一个浓妆艳抹的贵妇，她一出场，就会赢得所有人的欢心，人们只用眼睛便可欣赏。而叶之美，是内在的，深沉的，不在于外观，而在于其生命力本身，在于那绿色背后所蕴藏的气韵，因而更具有摄人心魂的魅力。它的美，需要用心灵去谛听，需要在静默中与自然对语，才能感悟得到。

万千绿叶中，我第一爱的是荷叶。荷叶梗长面宽，一柄柄荷叶如同一把把翡翠小伞，为你在碧波之上撑开一个美丽的童话。每一柄荷叶伞下，是否都藏有一个青蛙公主？她们在这水做的舞台上举行盛大的舞会。清风徐来，绿伞摇曳多姿，那是水中精灵在跳舞。任意两三片荷叶便可构成一幅水墨画。当水珠滴滚在荷叶上，就成了"碧玉盘中弄水晶"，那便是诗与画共同的灵感。池塘里布满荷叶时，即使没有开花，也自有一股清香扑鼻。荷叶旁如若莲花开放，偌大的碧叶红花，都是玉做的，美到让人心醉!

乡村里还有一种叶与荷叶十分相似,那就是芋头叶。其实也别具风味。我因爱荷叶,也一并喜爱这名不见经传的芋头叶。像荷叶一样大气的叶子,还有芭蕉叶。芭蕉叶自抽芽之时就可供观赏,钱珝的《未展芭蕉》写道:"冷烛无烟绿蜡干,芳心犹卷怯春寒。一简书札藏何事,会被东风暗拆看。"顽皮的东风好奇地撩拨那卷着的芭蕉叶,待到展开一看,嗬,不是什么书札,而是片片风帆!是春姑娘用上好的绿绸裁制的。试想,高大的芭蕉于春光荡漾中举着这样的风帆,诗人的心不是要随着这绿帆起航吗?在乡村或园林,人们总喜欢在墙角窗下植几株芭蕉,斜风细雨中,绿影翩翩,给人们平淡的生活带来几多生趣和诗意。

最精致的要数银杏叶,宛然一柄小巧玲珑的袖珍折扇。它会随着季节变魔术,秋来,满树的银杏叶变成金黄的蝴蝶,在秋风中翻飞,飘落。这种美丽的叶子,曾使我一片又一片地捡着,夹在诗集里。我觉得,无论夹在哪一页,它都是一首小诗或一幅活的插图。还有一种叫杜英的树,它的叶子,在春夏融入万木争荣之中,毫不引人注意。到了秋天,它变成绯红,仿佛一条条红色的鲤鱼,挂在树上或落在地上,十分醒目。这种普通的叶子,为了使自己不同于别的叶子,积聚了一生的能量,在告别枝头之前,给自己的生命绘上精彩的一笔。泰戈尔有诗说:"生如夏花之炯烂,死如秋叶之静美。"我由是深深爱上这"静美"二字。

大自然的叶,千形万状,美不胜收。心形的,掌形的,梭形的,蝶形的,针状的,带状的,羽状的,星状的;幽者如兰、荟,秀者如柳、竹,长者如蒲、苇，细者如松、杉，柔者如桑、麻，刚者如剑麻，巧者如棕榈，无一不值得观赏把玩。

一年四季，大自然的叶呈现出不同的色彩和韵味。春之叶，嫩黄柔润，含蕴生机，如小诗；夏之叶，苍翠亮泽，蓬蓬勃勃，如长文；秋之叶，五彩缤纷，斑斓绚丽，如油画；冬之叶，墨绿凝重，庄严凛然，如雕塑。

子曰："岁寒，然后知松柏之后凋也。"这"后凋"二字说的就是叶。对植物来说，叶是它最灵敏的器官。植物用叶呼吸天地间的精气，用叶聆听来自土层深处的召唤，用叶在风中沙沙低语，向太阳致意，与人类交谈。而花朵恰是植物与人类交流时，所展示的一个美妙的笑容。一颗种子所包藏的其实就是两片叶芽。植物的生命首先是从叶开始的，即人们通常说的——发芽。

对大地来说，叶就是它的魂。叶是土地燃烧的激情，是大地上绿色的火焰。老舍在《林海》中描写大兴安岭："目之所及，哪里都是绿的，的确是林海。群岭起伏是林海的波浪。"汇成这绿色海洋的是那浩荡无边的木叶。老舍还在《草原》中写道："在天底下，一碧千里……到处翠色欲流，轻轻流入云际。"铺成这辽阔草原的是那延绵不绝的草叶。

每一片叶都是渺小的，只如一滴水。然而正是这无数渺小的叶汇成地球上绿色的海洋。只有叶才具有这种排山倒海、铺天盖地的磅礴之势。

每一片叶都是一个富有生命的音符。大自然的天籁之音，是风和雨弹奏着叶产生的，如松涛阵阵，或竹林萧萧；如雨滴梧桐，或雪落枯草。

使青山常在，大地常绿的是叶，而不是花；与阳光合作，使空气清

新的是叶，而不是花；与人类一同扎根在泥土中，而又永久相伴的是叶，而不是花。叶是大自然朴素的主人，花是盛装的客人；叶如默默无闻的芸芸众生，花是华丽登场的戏剧人物。

然而，正如李商隐所写的"世间花叶不相伦，花入金盆叶做尘"，古往今来，赞美花的诗文何其多，描写叶的篇章何其少。

我想，我当用毕生的心力，抒写一篇叶的颂歌！

石　榴（一）

园中长日待花开，讵料枝头着火来。

缘何故把春光负？乐让夭桃笑满腮。

好一个"乐让夭桃笑满腮"！是啊，中原大地，有哪一种花能比得上你的神奇？据说，在唐代，你是从遥远的西域作为天使来到中原的。"乘槎使者海西来，移得珊瑚汉苑栽。只待绿荫芳树合，蕊珠如火一时开。"你的到来，使得江南百草千花都逊色。与你的火红相比，山茶赤黄桃绛白，芙蓉芍药难入格。没有哪一种花的红，没有哪一种人工调制的红，能比拟出你的颜色。只有沸腾的青春之热血能形容你的生机和鲜活，只有天上的云霞能比喻你的轻柔和透明，只有太阳的光芒才比得上你的纯粹！

花事阑珊的五月，你突然间在枝头燃放，仿佛自天而降。为什么你不怕烈焰骄阳？我想，你的花朵就是太阳之光。说你不屑与百花争春，是对你的贬低。你没有这么高傲和不近人情。你没有忘记自己是西域天使，你怕你的美丽惊扰了百花，你怕打乱了春天里百花争妍斗艳的秩序，你怕桃李见到你便会羞愧地闭上眼睛。因此，你不动声色地选择了五月。在这百花退避的夏天，你填补了这个空白。这才是你的高风亮节。有人说你"移根逐汉城，只为来时晚，开花不及春"，可见他们是多么不了

解你。

　　只有那不懂事的孩子说你懒惰，说你在冬天里睡过了头。记得二月初刚开学的时候，我对学生说，我们今年要观察校园中的两棵石榴树是怎样长叶开花的。孩子们顽皮地说："石榴树还没睡醒呢，好像两棵枯树，好像没长胡子的老爷爷。"或许在冬日的睡眠中，你梦见西域故乡了，因而不愿早早醒来。

　　这个时候，桃花和李花呀，在春天的第一声号角刚吹响的时候，她们就迫不及待地钻了出来，一朵朵揉着惺忪的睡眼，挤满枝头，连裙子都没穿呢。那种赤裸的憨态，真令人忍俊不禁。等到春风把绿叶的裙子裁好了，她们又兴尽而飘落了。她们就如这稚气未脱的村童，还不懂得优雅，也不懂得用绿叶装扮自己。而你是仙子，你的出场当然有一个仪仗，少不了翠盖绿裳，少不了环佩叮当。

我们的日记写上二月二十七日的时候，你的枝干上才开始抽出一丝丝红色的嫩芽，针尖般细。过了一个星期，叶子长成娇红色的鸟嘴样了。叶子渐渐长大，由红转绿。当树枝上披满这种红中带绿的嫩叶时，远远望去，就像开满了别样的小花，每一朵"小花"上都跳跃着阳光。

等到叶子长成碧绿而饱满的柳叶眉时，枝梢上才冒出小花苞。花苞初如小米，继而如绿豆，如花生米，最后变成一个尖底花瓶。那丝绸般的花瓣就包裹在这个花瓶里。这是四月底。

五月，风和日丽的五月，乡下空气中散发着草木的清香，大自然中各种树木已枝繁叶茂，浓荫匝地。石榴树也绿叶如云，密可藏鸦，风吹着树叶沙沙地响。这时候，石榴花开放了！

啊，石榴，你"有梅树的枝干，有杨柳的叶片，奇崛而不枯瘠，清新而不柔媚……"

"单瓣的已够陆离，双瓣的更为华贵……"

在这草木飘香的五月，在这流水潺潺的溪边，在这个名叫红石的校园里，我带领着学生高声诵读着这精美的课文——郭沫若的《石榴》。

啊，石榴，美丽的石榴！

（发表于《神州文学》2021 年第 8 期）

石 榴（二）

也是在校园。在那金光灿烂的九月。

我第一次读到这篇优美的文章，那是二十五年前。

二十五年前，我还是一个少年。一个心飞蓝天的少年。

我第一次见到这样动人心弦的石榴花，就是在那个光荣而神圣的校园。

那是令世人景仰的一代伟人的摇篮——湖南省第一师范。

在那个古色古香的校园里，在那终生难忘的教室里，我们进入第一师范所学的第一篇课文，就是郭沫若的散文《石榴》。

这篇散文可以用下面这首古诗来概括：

　　杨槐撑华盖，桃李结子青；残红倦歌艳，石榴吐芳菲。

　　奇崛梅枝干，清新柳叶眉；单瓣足陆离，双瓣更华炜。

　　热情染腮晕，柔媚点娇蕊；醉入玛瑙瓶，红酒溢金罍。

　　风骨凝夏心，神韵妆秋魂；朱唇启皓齿，灵秀瑶台妃。

窗外竹影婆娑，环境幽雅，教室里浮想联翩的少年，品读着石榴花般华美的字句，那种身心陶醉的感觉，世上永远只有读书人才能享受得到！

给我们讲课的是一位名叫张瑛的中年女教师，她那精彩的赏析，使我们入神。讲完课后，老师说："我们学校的水井旁就有两棵石榴，明年五月开花的时候，别忘了欣赏。"

一师的水井在食堂侧面，从教室通往妙高峰的石级旁。一块荷叶大的空地，正中是一口深井，井上有亭架像伞似的护着。地面上铺着洁净的卵石。四周有高大繁茂的树木。当年毛泽东在一师求学时，常在这井里打水进行冷水浴，以此锻炼身体和意志。（因此，这里是一师的一个纪念景点。）我觉得这是一个微型的园子，宜于读书，也宜于沉思，而且只宜于一个，一个略带幽愁的女子。

冬去春来，一师的学子们踏着欢快的步子从水井旁穿梭，往来于教学楼和宿舍之间。第二年春天，我日日盼望花开。我在这里首先看到的是一种硕大的白花，那洁白肥嫩的花瓣，每一片就如一个鸽子。每一朵大花就是一窝拥在一起的白鸽，它们停在那又厚又硬的梭形叶片之中，跃跃欲飞，真令人赏心悦目。但，这是广玉兰。我似乎不再记起石榴了。直到夏季来临。有一天，我的眼睛被一束红光照亮，啊，石榴，开了！我兴奋地来到石榴树下，仰起头，望着树上如火的红花，一朵一朵看过去，它的花瓣是精美绝伦的丝绸。这就是郭沫若说的"对于炎阳的直射毫不避易的深红色的花"——石榴！

顿时，我的脑海里出现"旭日照大旗，马鸣风萧萧"的壮丽画面。两棵花树就像两蓬呼呼燃烧的烈火，使我热血沸腾！在那个令人备受鼓舞的校园，在那个草木蓬勃的季节，在那个激情如春草夏木般疯长的年龄，石榴花点燃了蛰伏在我心中的雄心。我静静地伫立，默默地想：人生当如石榴花！我的外表总是静默的，有如一片简单的树叶；但谁会知道，在我内心，一直有一朵不甘平庸的蓓蕾想要开放？

尔后的日子，我分分秒秒地珍惜，读书，作文，弹风琴，锻炼身体，参加各种有益的活动，努力提高自己。学校每年都要举行演讲赛，平时木讷笨拙的我也有一股强烈的冲动想参加。记得第一次关于"叶的事业"的主题演讲，我因讲稿不符合演讲体裁要求而没被选上。第二次（1986年）关于"理想与成才"的演讲选拔赛，是团委举行的，放在晚上，自由参加，我因此有机会。我讲的理想发自真心，到了台上，一改平日的拘谨，变得慷慨激昂，赢得真正的掌声。限定的时间到了，我的内容并没有讲完，竟然得到二等奖（奖品是一本《作文词典》）。我的这次演讲，使同学惊讶，突然对我刮目相看。

在一师的四年，我只觉得浑身充满力量，奋发向上。一开始，并没有什么具体目标，只是如饥似渴地学习一切新东西，像初生的草木贪婪地吮吸雨水和阳光，不断地生长，生长。渐渐地，我发现了自己的兴趣和特长，又知道学校每年要从毕业生中推选一个佼佼者上大学，我暗地产生一个强烈的愿望：我要写出惊人的文章，争取被推荐上大学。我于是天天坚持练笔，写日记，在学校黑板报和校刊上发表文章和诗歌。但是，四年，转眼就过去了，我依然默默无闻。尽管我自己觉得各方面能力有了明显提高，但在那一帮意气风发、崭露头角的同学面前，我还是逊色许多。

最后一个学期，有艺术特长的、成绩优秀的或有门路的同学忙于在长沙、株洲、湘潭等大城市联系工作单位。班上一个有体育特长的同学被推荐进湖南师大。我的那个愿望只能作为永久的秘密藏在心底。这个时候，我感到深深的失落和茫然，发慌地等待命运的安排。毕业前，同学们早早地买了留言簿，互相留言。每一个请我留言的女同学，我都把她比作一种花，在留言簿上写满溢美之词。我说："所有的女孩都是花，唯独我是叶。"我这么说并没有自惭形秽的意思，我通过写文章找到了自信，我只是觉得很多同学无论是外表还是社交方面的确比我风光。于是，许云芝就甜甜地叫我叶子，我很喜欢。我想这或许就是我将来的笔名。我那时早已熟记了泰戈尔的诗："果实的事业是尊贵的，花的事业是甜美的；但是让我做叶的事业吧，叶总是谦逊地、专心地垂着绿荫的。"

剩下唯一的愿望是，在离开一师之前，再看一次石榴花。校园里各种靓花纷纷绚丽登场，嫣然谢幕，唯独石榴花不见动静。日子一天天过去，我几乎要失望了，心想：是不是今年天气不好，石榴不会开了？就在离校前的最后一个月，石榴花终于如期开放！来到石榴花下，我的心激动不已。是啊，每一种花都有自己的花期。石榴不会因我的期盼提前开放，也不会因外在的气候和环境改变自己的禀性。

那么，人，不也是一样吗？每个人都有自己的花期。也许在我人生的三月，我还只是一片叶芽，连花苞的影子都没萌发。如果我天生是石榴，定然有属于自己的五月。我重新变得昂扬起来，对于未来进行着美好的规划，决心毕业后坚持自己的志趣和理想。

漫道榴花枉误春，骄红恰配夏阳亲。

先开可叹当先落，谁解迟开底蕴深？

啊，石榴，美丽的石榴！

九月的阳光

昨天中午之后，天气郁闷，阴阴的，带有点夏天雨前的那种闷热。傍晚在室内，突然听到一阵哗啦啦筛豆子的声音，推开窗一看，果然下雨了！一会儿，天就凉了下来，毕竟是秋天来了啊。这雨来得突然，下得大，去得快，仿佛在模仿夏天的那种雨势。晚上，来到广场，走在雨的尾声里，嗅着被雨水浸润的空气，踏着洁净如玻璃的大理石路面，顿觉心绪中的灰尘也被雨水涤荡净尽，心中一片澄明。不禁萌生出对雨水的感激。爱人说，不必这么抒情吧，接下来有的是雨，秋雨绵绵，天气预报说，要连下一周呢。于是，我从衣柜里翻出了防秋凉的风衣。

今天早晨，睁开眼睛，拉开窗帘，一看，太阳光红红地照在对面高墙上，好一个响亮的晴天！真是好，快速下雨，随后转晴，这种节奏，就是干脆，这种天气，令人舒畅。看来不必穿风衣了，仿佛捡到了一个意外的轻松。早晨去上班，走在明朗的天空下，神清气爽。阳光照在身上，是春天的那种温暖。雨后的晴天的早晨，如同刚刚开放的带露的红莲，鲜艳芬芳。再看一看大木山一带还未被铲掉的小山包，依然苍翠，它们一同沐浴在这金色的秋阳里。我一直把这剩下的绿色当作舒眼的风景来珍惜，因为它们正在被开发，不知哪天会消失。

上课时，说到重阳节登高望远赏菊花的习俗，有学生插话说，下周二就是重阳节了。一时性起，翻看日历，原来今天是九月初三。放学后，我来到楼顶上，想看看菊花的动静。只见天空高远，是纯净的浅蓝色，空气透明，极目远眺，可以看到天边。天边有连绵起伏的黛青的波线，这可算是我们这丘陵地区的特色了。独立苍穹下，突然领悟到汉语里所谓"秋高气爽"一词，应该是形容这种气象的吧，方知古人造语之妙。

再看盆里的菊花，纤秀的花枝上，顶着一朵朵花盘，状如翠绿的乳钉，正蓄势待发。其中有一两朵已开始绽露笑唇，现出娇黄的花瓣。有拂拂的风在吹，却并没有让人联想到"秋风扫落叶"之类萧瑟的气氛，只觉得这风与阳光，配合得很默契。因为在阳光下待立久了，还是会感觉燥热，这时风把多余的燥热扫走，又不会一并把暖和带去。设若是盛夏的阳光下，再大的风也解除不了骄阳的炙烤；又如再温煦的冬阳下，如果不停地刮风，也免不了寒气袭身。因此，这仲秋的阳光和微风，实在是舒适宜人。

这样的天气，宜于远望，宜于遐思；宜于漫步沉哦，也宜于伫立静默；宜于翻土、种菜、养花，也宜于读诗、作文、品茶。

这样的天气，宜于遥想未来，也宜于追忆从前。我想，最宜于乡村儿童，三三两两，走在放学的路上。正如我现在的学生。一定要是乡间小路，小路两旁一定要有碧青的茶山，茶山上不全是油茶树，最好配有几棵枫树，几株杜英，再加上许多不知名的杂树，藤蔓、灌木，它们那或红或黄的叶子和籽实，同漫山遍野雪白的茶花，如期为山村上演一年一度的五彩斑斓的秋天。山脚下，一定要有一蓬一蓬高过人头的冬茅草开放，开出一枝枝鸟羽似的绒绒的白穗，在风中展翅欲飞。这样的小路，我一定是走过的。透过阳光的帘儿，我看见，我从青春少年走来，走到两鬓斑白。

这样的天气，宜于面对含苞欲放的菊花自吟一首变调《渔歌子》：小小盆花信手栽，不违节令重阳开。花枝黄，春意在。青丝却染秋霜白。

这样的天气还宜于品读冰心的小诗：何用写呢？诗人自己，便是诗了！自然的微笑里，融化了人类的怨嗔。我们是生在海舟上的婴儿，不知先从何处来，要向何处去。光阴难道就这般地过去吗？

这样的天气，使人只想做点什么，来挽留时间；又想什么也不做，就这样沉浸在时间里面，静听时光之声从耳边流过。

傍晚，一轮浑圆金黄的落日，满天牡丹似的彩霞，与青山一道构成一幅气势磅礴的天然图画。这图画是活动的，用不着煞费苦心去收藏，只要青山还在，时光翻过一页，它又会出现。这样美好的日子，使人无端地生出一些激动：今夕何夕，良辰美景！

忽然记起，今天不是九月初三吗？一首熟稔的唐诗穿越时空，飞回到耳边：一道残阳铺水中，半江瑟瑟半江红。可怜九月初三夜，露似真珠月似弓。真是千年巧合！想问这还是唐朝的九月初三吗？千年前的那个九月初三，也是这样的晴明可爱吗？不然何以引发诗人的诗情呢？

啊，这样的日子，宜于生活在人间，尽情享受。只有一件事于人类不宜，那就是挖土机铲土推山，填井造楼。古人常常慨叹：江山依旧，人事全非。对他们来说只有时光在流逝，一去不返，不可把握，终究还有不变的东西——门前年年依旧的"江山"，可以安稳他们的心。而现代人，生活在无休止的"开发"和变迁之中，时间和江山，以及周围的一切都在流失，因而凭空增添了许多茫然无助感。人们如果还不反思对大自然的掠夺行为，我担心若干年后，我们将会生活在没有"江山"只有水泥建筑的国度里，我们将产生另一种感慨：时令依旧，江山不再。到那时，月亮还是那个月亮，星星还是那个星星，地球却不再是那个地球。如果大地上只一片残山剩水，那么再美好的阳光，也照不出美好的风景，照不出美好的心情。

（发表于《时代作家》2022 年第 1 期）